集英社オレンジ文庫

きみは友だちなんかじゃない

神戸遥真

本書は書き下ろしです。

もくじ

プロローグ 006

Ⅰ とんでもないミス 009

Ⅱ 失恋 037

Ⅲ 家族のこと 077

Ⅳ 友だち大作戦 127

Ⅴ とんでもないミス・再び 165

Ⅵ 友だちなんかじゃない 195

エピローグ 233

イラスト／千秋りえ

きみは友だちなんかじゃない

神戸遥真

haruma kobe

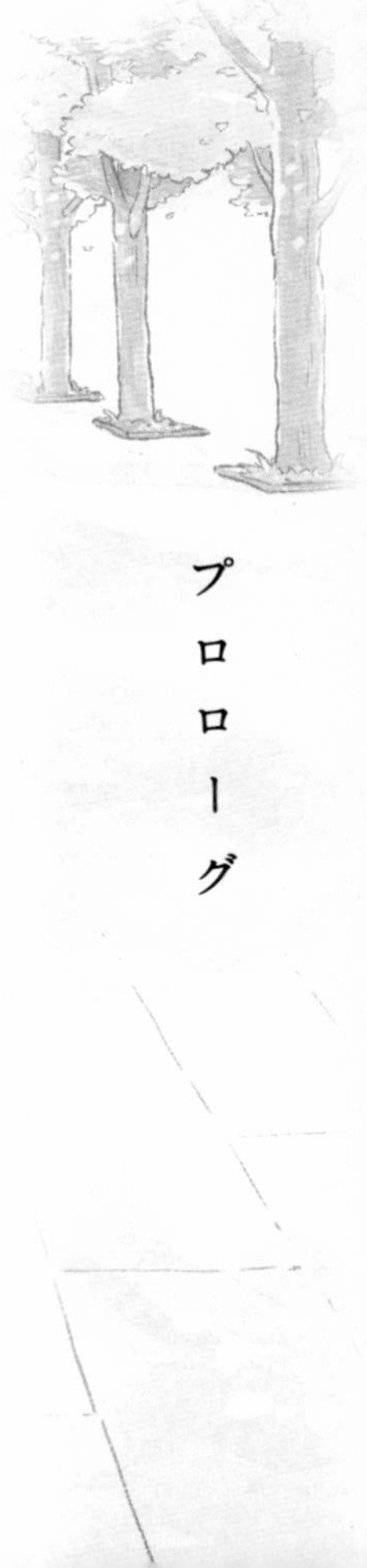

プロローグ

今しかないって、思ったのだ。

告白するなら、今しかないって。

体中にある勇気のカケラをこれでもかってくらいかき集めて。

体中に響く自分の心臓の音を聞きながら。

指先まで熱くなっていく両手でぎゅっと拳《こぶし》を作る。

一世一代の大勝負、いざ出陣！

「——岩倉《いわくら》さんっ！」

控え室のドアを開けて彼の名を呼んだ私は顔を俯《うつむ》け、今にも破裂しそうな心臓を抑えて。

伝えたくてしょうがなかった想いを口にした。

「ずっと……ずっと好きでした！　付き合ってください！」

ぼふんと頭のてっぺんから湯気でも出そうなくらい全身が熱くなる。

……言った。言っちゃった。言えたーっ！

沈黙の中、自分の心臓がバクバク鳴る音しか聞こえない。

どうか、どうか、想いが届きますように……。

そんな風に祈るような気持ちでそっと目を上げた私は、だけど直後に固まった。

目の前にいるのは、私が好きでたまらない、すらっとしていて爽《さわ》やかな笑顔が素敵な彼ではなかった。

座っててもわかるくらい背が高く、やや伸び気味の黒髪の男子。

「……あ？」

長い前髪の奥から、威嚇《いかく》するような鋭い視線を向けられて縮み上がる。

もしかして、もしかしなくても。

告白する相手、間違えた？

I

とんでもないミス

帰りのホームルームが終わってそそくさと荷物をまとめてると、斜め後ろの席のメグに「凛《りん》、今日もバイト？」って訊かれた。

「そう。基本は月水金の週三でシフト入れてる」

「働きに行くっていうのに楽しそうだねぇ」

呆《あき》れたような顔のメグに笑って返す。

メグこと田上恵《たのうえめぐ》は、同中《おなちゅう》で高校でも同じクラス。サバサバした性格の頼りになる友だちだ。高校に入ってから綺麗《きれい》なボブヘアにしてて、さらさらと流れる黒髪はまっすぐ。くせっ毛の私にはうらやましい。

「そういうメグだって、放課後は毎日、生徒会執行部じゃん」

「部活だし、それに柳《やなぎ》もいるし？」

隣のクラスの柳くんはメグと同じ生徒会執行部、でもってメグのカレシだ。仮入部で初めて顔を合わせたときにお互いビビビッてくるものがあって、次の日には「付き合おうか」って流れになったらしい。

ちょっと信じられないけど、付き合い始めてもうすぐ三週間、二人はとっても仲よしなので、世の中にはそういうこともあるんだろう。

入学早々にカレシができるなんてうらやましい。

「はいはい、ごちそうさま！　じゃ、また明日ね！」

ひらっと手をふり、私は小走りで教室を出た――すると。

廊下《ろうか》で誰かにぶつかりかけて、慌てて足を止めた。

「すみませんっ」

そう謝って、顔を上げるなり硬直してしまう。

ものすごく高いところから、こちらを見下ろしている鋭い目がある。

……隣のクラスの、不良の人だ。

入学早々に上級生二人をボコボコにしたって噂《うわさ》になってた、素行の悪い一匹狼。クラスも違うし名前も知らないけど、目をつけられたら最後、怒らせたら命はないって話を耳にした。一部じゃ「殺し屋」なんてあだ名までつけられている。

私の身長が一五〇センチちょっととあまり高くないのもあるけど、その男子は手足が長く、見上げるほどに背が高かった。体型は細いってほどじゃないものの、ものすごくがっちりしてるってわけでもなく、とにかくすらりとしている。開いた襟元《えりもと》には緑に白いラインのネクタイ、ブレザーの前は開いていて両手は制服のズボンのポケットに突っ込まれ、これから帰るところなのか肩にはぺたんこの学生鞄《かばん》が提げられていた。固く結ばれた薄い唇に通った鼻筋、シャープなラインの輪郭《りんかく》。

染めたことなどなさそうな黒髪は全体的に伸び気味で、前髪が目元を覆《おお》っていて表情はよくわからない。と、長い前髪の奥でその目がさらに細められたのがわかり、私は途端に縮み上がった。

平和な学校生活を送るためにも、そんな不良さんにはできるだけ近寄らないようにしようって思ってたのに……。

私が命乞《いのちご》いするように両手を体の前で握り合わせていると。

「……気をつけろ」

低い声でそう言っただけで、その男子生徒はさっさと去っていった。

……ビビッた。心臓、止まるかと思った。

廊下は走っちゃいけません、をこんな風に実感するとは。次にぶつかったときは命がないかもしれない。注意されたとおり、これからは気をつけよう。

気を取り直し、私は早歩きで廊下を急ぎ階段を下りていく。一年生の教室は四階建ての校舎の最上階、せっせと階段を下りて下りて、やっと一階に到着してひと息ついた。昇降口でローファーに履《は》き替え外に出ると、新緑が目に眩《まぶ》しい。桜の季節もそろそろ終わり、四月も半ばを過ぎてマフラーもコートも要らない気候になった。

放課後の学校はにぎやかで、制服やジャージ姿の先輩たちがここぞとばかりにチラシ片手に待ちかまえ、あちこちで部活動の勧誘攻撃を続けている。けど、私はそれをすいすいくぐり抜けて学校を飛び出し、アルバイト先のカフェ《リング・リング・リング》にまっすぐ向かう。

私の通う千葉中央高校《ちばちゅうおう》から西千葉《にしちば》駅近くの《リング・リング・リング》までは、徒歩で三十分かからないくらい。風に吹かれる下ろした髪を押さえつつ、桜が散って若葉が目に眩しい千葉公園を横目に見、住宅街を通り抜けていく。

不良さんにぶつかってヒヤヒヤした気持ちは、徐々に軽くなって楽しいものに変わっていった。

近すぎず遠すぎずの、この道のりが私は好きだ。

遠足は準備してるときが一番楽しいなんて言ったりもするけど、それとちょっと似てる。今日はアルバイト仲間で先輩の、大学三年生の岩倉《いわくら》さんとシフトが一緒。どんな話ができるかなとか、考えるだけでもスキップを踏みたくなってくる。

一年前には、こんな風に楽しい高校生活を送れるだなんて想像もできなかった。

★☆★

去年の六月、じとじとむしむしした梅雨《つゆ》の季節のこと。

私は、毎日が憂鬱《ゆううつ》で憂鬱で仕方なかった。

中学三年生になってから学校は受験モード一色。志望校、偏差値《へんさち》、内申点《ないしんてん》って言葉が毎日のように教室を飛び交い、私の中にはじっとり重たいものが日々溜まっていっていた。

カナミちゃんみたいに、どうしても入りたい部活があるわけじゃない。

ヒラやんみたいに、高い偏差値の学校を目指したいなんてこともない。

ユキちゃんみたいに、あの学校の制服が着たいっていう希望すらない。

つまるところ、私は志望校を完全に決めかねていたのだ。

まだ六月、私みたいに志望校を決め切れていないクラスメイトはほかにもいた。でも、私と彼らじゃ事情が違う。

さしたる目標も希望もないなんてこと、私には許されない。じゃないと、美加《みか》さんに顔向けできない。

その日は通っていた塾でも志望校についての面談があって、塾の先生に「仮の目標でもいいから、次までにおうちの人と話し合って決めてみようか」って言われたところだった。

おうちの人と、話し合って。

家にある、美加さんが取り寄せた受験案内とか色んな高校のパンフレットを思い出す。美加さんが――〝おうちの人〟が話し合いたがっているのを、私が避けたりごまかしたりし続けた結果がこの有様だ。そんなことをしてる場合じゃないことくらい、わかってるのに。

夜の九時過ぎ、駅前の塾のビルを出ると街はすっかり夜の雰囲気《ふんいき》で、近くのコンビニや駅の光がぽっかり浮かび上がっている。私は「おうちの人」って言葉を口の中で呟《つぶや》いてはため息を呑《の》み込み、自転車を停めてある駐輪場に背を向けて、駅とは反対の方に歩きだした。

私の本当のお母さんは物心つく前に亡くなっていて、三年前にお父さんが再婚した相手が美加さんだ。美加さんは友だちのお母さんたちよりもとっても若くて綺麗で、今年まだ三十五歳。

そして半年前のこと。お父さんがアメリカに転勤することになった。海外赴任《ふにん》っていうヤツで、何年も日本を離れないといけないと聞かされた。

お父さんは家族みんなでアメリカに行くつもりでいて、でも私は言葉が通じない外国なんてまっぴらごめんで。

――私、凜ちゃんと一緒に日本に残るよ。

美加さんがそう言ってくれ、お父さんはアメリカに単身赴任《たんしんふにん》をすることになり、私と美加さんの二人での生活が始まった。

お父さんと一緒に行きたかっただろうに、私のわがままに付き合わせて美加さんまで日本に残ることになってしまった。申し訳なさすぎていたたまれなくて、以来、美加さんの顔をますますちゃんと見られなくなった。

まっすぐ帰らないと美加さんを心配させちゃうってわかってても、気が重いものは重い。ちょっと散歩して気を紛《まぎ》らわせるだけ、ゲーセンとかに行くわけじゃないし。

なんて言い訳を心の中で重ねつつ、大通りをなんとなく歩いていた、そんなときだった。

かわいらしい外装の、小さなカフェを見つけた。

そのお店をぼうっと見ていたら、黒い腰巻きエプロンをした、すらっと背筋の伸びた若い男の人に声をかけられた。

「お客さんかな?」

見るからにいい人そう、優しそうってわかる柔らかい笑顔で、首を傾《かし》げると茶色がかった猫っ毛がふんわり揺れる。

その人こそが、岩倉さんだった。

★☆★

ピンク色の三角屋根に白い外壁、通りに面した大きな窓ガラス越しに見える、かわいらしい丸椅子《まるいす》やテーブルのあるカフェスペース。そして透明なガラス扉の店の入口には、クリスマスのリースみたいな大きさのドーナツの飾りがぶら下がっていて、ここがドーナツのお店だってことを通りを行く人に主張している。

そんな《リング・リング・リング》に到着した私は、裏口に回ってインターフォンを押した。

『はーい』って明るい声が返ってきて、「凜です」って応えるとドアが内側から開いた。

「おはようございます」

お仕事を始める挨拶《あいさつ》は、時間に関係なく「おはよう」なのだ。

「はい、おはよう」

ドアを開けてくれたのは、《リング・リング・リング》のオーナーの輪島《わじま》さん。くるくるの黒髪と立派な口ひげがトレードマークの年齢不詳の自称・独身貴族。お菓子作りが好きすぎてドーナツカフェを始めちゃうような人とは思えない、ひょろりとした痩身《そうしん》だ。

輪島さんは岩倉さんのお母さんの友だちで、その縁で岩倉さんはこのお店でアルバイトをしているんだという。

輪島さんが事務所に戻っていき、私はスタッフ用の控え室に向かう。ロッカーに荷物を押し込んで、カーテンで区切られた狭いスペースで制服の白いシャツと黒いパンツに着替え、髪を結んで胸ポケットにネームプレートをつけるとついつい口元が緩《ゆる》んじゃう。

高校入学直後から週三ペースでこの店で働き始めて、もうすぐ三週間。

岩倉さんは大学三年生になってからゼミが忙しいとかで週に二日の勤務になり、時間も夕方遅くからになってしまった。それでも、大好きなかわいいお店で一緒に働けるなんて今でも夢みたい。シフトも岩倉さんと同じ曜日にできたし。

腰にエプロンを巻いて、鏡の前で全身をチェックする。カフェの制服に身を包むと、ちょっと大人に近づいた気がして背筋が伸びる。二つに結んだ髪も問題なし。色つきのリップクリームを塗って、接客用のスマイル。

今日もばっちりだ。

時刻はちょうど午後四時、私は両手を指の間や爪の隙間《すきま》までしっかり洗ってから、甘い匂《にお》いの漂う店の方に出た。それから、ドーナツが並ぶショーケースを見つめているお客さんに「いらっしゃいませ」と声をかける。

《リング・リング・リング》はその名のとおり、輪っか状のリングドーナツが主力製品のお店だ。

一番人気はオールドファッションで、ビターチョコレート、ストロベリーチョコレート、ホワイトチョコレートがかかったものなどがある。ほかにもふんわりした生地のイーストドーナツ、チョコレート生地のドーナツや、クリームを挟んだもの、季節限定商品など二十種類近くある。

「このストロベリーとクリームの、一つずつもらえる？」

小柄なおばあさんのお客さんに微笑《ほほえ》まれ、「ストロベリーファッションとホワイトクリーム一つずつですね」と復唱し、ケースからトングでトレーに取って袋に詰める。あとはレジのところに立っている昼のアルバイト、主婦の羽村《はむら》さんにバトンタッチ。

こうして「ありがとうございました」ってお客さんを見送り、羽村さんに「おはようございます」と改めて挨拶して早速仕事の引き継ぎを始める。

店内のカフェスペースにいるお客さんは現在三組、オーダーは通し済み、ドーナツはちょっと前に焼き上がったばかり、資材棚《しざいだな》の補充が途中、トイレ掃除《そうじ》はまだ。

カウンターを羽村さんに任せて補充や掃除の仕事をテキパキ片づけ、時間になって羽村さんが上がると店には私と輪島さんだけになった。この時間は輪島さんも厨房《ちゅうぼう》から出てきてるのでドリンクを担当してくれる。フロアとお会計は私だ。

「凜ちゃんもすっかり慣れたねー」

カフェマシンを洗っている輪島さんにそう声をかけられ、「ありがとうございます！」と応えた。

アルバイトなんて初めてだし、最初は覚えることが多すぎて失敗ばかり。フロアを一人で任せてもらうなんてまず無理だった。

「色々教えてもらったおかげです」

輪島さんや岩倉さん、みんなが根気よく丁寧《ていねい》に優しく仕事を教えてくれた。学校とは違う世界に最初は不安もあったけど、私にもできることがあるんだってわかったことは嬉しい。

そんな風に仕事をこなしながら店の時計を確認する。あと少ししたら岩倉さんがやって来るしと、テーブルを拭く手に力がこもる。

去年の六月、塾の帰りに《リング・リング・リング》の前で岩倉さんが声をかけてくれ、売れ残りだからとドーナツをごちそうしてくれた。

それから何度か通ううちに、ポツポツと岩倉さんに色んな話をするようになった。志望校を決められなくて悩んでいること、お父さんの再婚相手の美加さんのこと……。

そんなある日、「こんなお店でアルバイトできたらいいなぁ」って私が呟くと。

――高校生になれば、アルバイトもできるよ。

どうしても学校が決められないなら、そういう目標でもいいんじゃないか、楽しみな目標があった方がやる気も出るよ、と話してくれた。

その言葉のおかげで志望校も前よりは気楽に考えられるようになったし、帰りにちょっとだけ寄り道して岩倉さんとここでしゃべるのを楽しみに塾にも通い、なんとか高校受験を終えた。

中学校の卒業式の日、私が高校合格を報告すると、岩倉さんは自分のことのように喜んでくれた。そして私は、店の入口に貼ってあった「アルバイト募集」の紙を指さした。

――高校生になれたから、アルバイト、できますか？

こうして岩倉さんとアルバイト仲間になれて今に至る。

高校生になって、ここで働けるようになって本当によかった。やりたいことが見つかったことで、日本に残ってくれた美加さんへの後ろめたさも少しは薄らいだし。

だけど。

世の中そんなに甘くない。

いいことずくめってわけにはいかず、思いがけなかったこともある。

それは、岩倉さんにカノジョがいるってわかったこと。

あんなにカッコいいし優しい王子さまなんだから、カノジョがいないわけがないって、ちょっと考えればわかることだったのに。アルバイトを始めてすぐの頃、それを知ったときは頭をガツンとやられた気分になった。受験勉強をがんばった私はなんだったんだろうって。

でも、私が岩倉さんを好きな気持ちは変わらないし、岩倉さんが優しいのも素敵なのもカッコいいのも変わるわけじゃない。

それなら待とうって決めた。

いつかあるかもしれないチャンスを待とうって。

岩倉さんとカノジョがうまくいかなくなることがあれば、なんてとってもイヤな考えだけど、でも私だって好きでしょうがないんだから仕方ない。

チャンスを待つくらい許してほしい。

――そして。

チャンスは、突然やって来るものなのだ。

その日、午後五時半過ぎに現れた岩倉さんは「おはよー」って挨拶してくれたけど、なんとなくいつもの元気がなかった。

いつだって明るく爽《さわ》やかな岩倉さんだけど、ずっと見ていた私にはその微妙な変化だって見て取れる。

なので、お客さんが途切れてカウンターに二人きりになったタイミングで訊いてみた。

「何かあったんですか？」

「何かって？」

「なんとなく、元気がない感じがします」

私の言葉に、岩倉さんは苦笑する。

「凛ちゃんって、意外と鋭いよね」

違うんです、学校では鈍感だしおっちょこちょいだし、うっかり友だちを怒らせちゃうことも少なくないんです、鋭いのは大好きな岩倉さんのことだからですっ！

なんて心の叫びはもちろん口にしない。

「参ったなぁ……」

岩倉さんは私に話すか迷っているようだ。

こういうとき、私は痛切に岩倉さんとの年の差を感じる。五歳も年下で、お世辞《せじ》にも大人っぽいとは言えない私なんて、せいぜい妹みたいにしか思われてないんだろうなって。

でも、だからこそ。

こういうとき、頼りにしてもらえるようになりたい。対等な相談相手として見てもらえるようになりたい。

「人に話すと、すっきりすることもありますよ?」

かつて、私も岩倉さんに話を聞いてもらえてとっても嬉しかった。救われた。だから私も、岩倉さんにとってのそういう存在になりたい。

岩倉さんはわずかに表情を緩《ゆる》めると、「じゃあ、話しちゃおうかな」と口を開く。

「なんていうか、カノジョと喧嘩《けんか》しちゃって」

自分から訊いたくせに、岩倉さんの口から「カノジョ」って単語が出てくるとやっぱり複雑。

こんなに優しい岩倉さんと喧嘩するなんて、どんな人なんだろう。

「それは……仲直りできるといいですね」

精いっぱい平静を装《よそお》ってそんな風に返したものの、「うーん、どうだろ」と岩倉さんは嘆息《たんそく》した。

「もう別れるってところまできちゃってるし」

「え？」

「互いにこれ以上続けるの無理だって話になってさ。だからまぁ、落ち込んでもしょうがないっていうか……」

思わずポカンとしてしまった私に気づき、「ごめんね」と謝ってきた岩倉さんに首を横にふる。

「こんな話、されてもしょうがないよね」

「そんなこと……きっと、そのうちいいことありますよ！」

そう元気づけた私に、岩倉さんは笑ってくれた。

「そうだね。ありがと」

「すみませーん」とカフェのお客さんが呼ぶ声がし、岩倉さんは「はい！」と返事をしてカウンターから出ていく。

その背中を見つめ、私は強く唇を結んだ。

……今しかないかもしれない。

失恋したばかりの岩倉さんにつけ込むようで罪悪感もあるけど。

モテるであろう岩倉さんがフリーでいる期間なんて、きっと長くない。

途端に落ち着きをなくした自分の心臓の音を聞きつつ、カウンターの陰で両手に拳《こぶし》を作って気合いを入れた。
チャンスは今しかない――

そうして私は、テレビでしか観たことのない清水《きよみず》の舞台から、助走をつけて三回転半の宙返りで飛び降りるくらいの覚悟で臨《のぞ》んだのだ。

当たって砕《くだ》けて粉々に飛び散るかもしれないけど。

困らせてしまうだけかもしれないけど。

それでも、次はいつ巡ってくるかわからないチャンスを逃したくなかった。

ずっと伝えたくて隠していたこの気持ち、今伝えずにしていつ伝えるのか！

やっぱりやめとけって弱気になりかける自分をぶるぶる奮《ふる》い立たせ、輪島さんに断って、用があると控え室に引っ込んだ岩倉さんを追いかけた。

「――岩倉さんっ！」

そう名前を呼び、そして。

「ずっと……ずっと好きでした！　付き合ってください！」

全身全霊、私の持てるすべての力を込めた告白をしたはずなのに。

そこに恋した彼はいなかった。

★☆★

岩倉さんもそれなりに背が高い。けど、それよりもさらに背丈があり、伸び気味の黒髪の男子が控え室のパイプ椅子《いす》に座っていた。

「あ?」

目元を隠す長い前髪の下から睨《にら》むような目を向けられ、さっきまでとは違うドキドキで心臓が悲鳴を上げる。

……まっっったくもって、意味がわからない。

なんで隣のクラスの「殺し屋」こと不良さんが、こんなところに⁉

放課後に廊下《ろうか》でぶつかりそうになったときのことを思い出し、控え室の入口で固まってる私を、その男子はますます目を細めて睨みつけてくる。

なんで……っていうか、そうだ、私は今この不良男子に「好きでした」とか言っちゃったんだった。

どうしよう……。

というか、私は岩倉さんに告白したいのだ。

「あの……岩倉さんは……?」

おそるおそる訊くと、その男子は前髪の下でぐぐっと眉《まゆ》を寄せてこっちを睨む。恐怖のあまり背筋が伸びた。

「俺だけど」

ボソリと返ってきた答えに、全身を強《こわ》ばらせながらも「え?」って声が思わず漏《も》れる。

いやいやいや、そんなバカな。

「あの、私が用があるのは岩倉さんで——」

「だから、岩倉は俺だって」

「そんなわけないでしょ!」

恐怖も忘れて悲鳴を上げる。

岩倉さんは不良じゃなくて王子さまなのに!

まさか、悪い魔法使いが現れて岩倉さんを不良さんに変えちゃったとか……?

悪夢にもほどがある。

でもでも、私は岩倉さんの見た目も好きだけど、もちろん中身も好きなのだ。見た目は不良さんでも中身が岩倉さんのままならアリ、なのか?

そのとき、中身が岩倉さんかもしれない不良男子が、ガタッと音を立ててパイプ椅子から立ち上がった。

　そのままずんずんと私の前までやって来て足を止めると、私より頭二つ分は高いところから見下ろしてくる。

　……超睨まれてる。

　ヤバい、無茶苦茶《むちゃくちゃ》怖い。さっきは口答えしちゃってごめんなさい！　怒らせたら命はないって本当かな……。

　恐怖のあまり顔を伏せてぎゅっと目をつむる。痛いのは勘弁してください――

「……ＩＤ」

　聞こえてきた低い声にそっと目を開けると、顔の前にスマホの画面がずいと差し出されてた。

「メッセのＩＤ、教えてほしいんだけど」

　あいかわらず睨まれたままだけど、その口調は静かで素っ気ない。少なくとも、私にブチギレてて「今すぐにでも息の根を止めたい！」って感じじゃないのはわかった。

「……イヤか？」

　ボソッと訊かれ、慌ててぶんぶんと首を横にふる。ロッカーに押し込めてた学生鞄《かばん》から震える手でスマホを取り出し、メッセアプリのＩＤを交換する。

表示された名前は、「岩倉大悟《だいご》」。

「岩倉……？」

「あれ、もう仲よくなったの？」

背後から聞こえてきた、明るく能天気な声にぱっとふり返った。

「い、岩倉さん……？」

不良男子じゃない、正真正銘《しょうしんしょうめい》の王子さまの岩倉さんが立っている。

やっぱり、岩倉さんが不良さんになったわけじゃなかったんだ！

訊きたいことはたくさんあるのに、頭が混乱しすぎて口をぱくぱくして岩倉さんとその男の子を見比べる。

――すると。

岩倉さんは、私を睨みつけたままの男子の肩に手を載せ、さも親しげにポンポン叩いた。

「もう自己紹介したかもだけど。こいつ、岩倉大悟っていうの。凜ちゃんと同い年で、あ、高校も一緒だよな？　俺の従弟《いとこ》なんだ」

「い、従弟⁉」

ニコニコしている王子さまのような岩倉さんと、狩りの真っ最中みたいな強面《こわもて》の不良男子。この二人が従兄弟、なんてホントに？　背が高いことくらいしか共通点なくない？

「俺、今年からゼミが忙しくなって、ここのバイトに入れない日が多くなりそうだからさ。来週からこいつにも入ってもらうことになったんだ。さっき、オーナーと面談したんだよな？」

不良男子は、不良とは思えない素直さでこくっと頷《うなず》く。

……と、いうことは、つまり？

「お二人とも『岩倉さん』、ということでしょうか……？」

私の言葉に、「そうなるね」と軽く笑ってから、岩倉さんは提案してくる。

「ややこしくなっちゃうし、そしたら俺のこと名前で呼んでいいよ。で、こいつは大悟って呼んでやって」

「祐《ゆう》さん、と、大悟……くん？」

「そうそう！」

岩倉さんのことを名前で呼んでいいなんて、昇天しそうなくらい嬉しいのに。それより何より問題なのは、私がさっき「岩倉さん」に告白したっていうことなわけで。

もしかして、もしかしなくても。

この目つきの鋭い不良男子に告白したってことになってる……？

「よろしく」

本当によろしくするつもりがあるのか疑わしい、しかめっ面《つら》のまま頭を下げてくる大悟くんに、何をどうよろしくしたらいいのかまったくわからない。わからないけど、「よろしく……」以外に返せる言葉はなかった。

★☆★

その日のアルバイトを終え、午後八時前には岩倉さん——祐さんに見送られ、《リング・リング・リング》をあとにした。すっかり夜の装《よそお》いになった国道沿いをとぼとぼと歩きつつ、徒歩十分ほどの場所にある自宅を目指す。

面談を終えた大悟くんは先に帰ったし、帰り際、祐さんと二人きりになって今度こそ告白するチャンスはあったのに。

一度かき集めた勇気はしくじってしまったせいでどこへやら、そんな気力も起きずに「おつかれさまでした」って言うのが精いっぱいだった。

去年の六月のあの日、笑顔で声をかけてくれた祐さん。

学校や塾の先生にも言えなかった、受験や家の話を聞いてくれた祐さん。

そんな祐さんに、どれだけ救われたかわからない。

あの日があったから今がある。感謝してもし切れない。

だからこそ、絶対に、何があっても、しくじっちゃダメだったのにっ……！

叫び出したい気持ちで、両手で顔を覆《おお》ったりほっぺたをつねったりしてみてもなんにも解決しない。

なんで私ってば、いつもいつもこうなんだろう……。

自己嫌悪でいっぱいのまま、二階建ての我が家に到着した。玄関の明かりは点いていて、重たい気持ちのままドアを開けると、すぐに「おかえりー」って美加さんに迎えられる。

仕事で疲れているだろうに、そんなものは微塵《みじん》も感じさせず、うらやましいくらいに美人。

「バイト、おつかれさま」

「今日、帰りにスーパーに寄ったらイチゴが安くなっててね」

「職場でもらったサンプルがあって……」

ろくに相槌《あいづち》も打たない私に、美加さんはいつだって明るく元気よく、これ以上ないってくらい楽しそうに話しかけてくる。

こんな私相手で、楽しいわけがないのに。

私に気を遣ってもしょうがないのに。

「夕ご飯、もう用意できてるからね」

それに、仕事でどんなに忙しくても、美加さんはちゃんと毎食手作りしてくれる。アルバイトがないときは私がやるって言っても、ちょっとの手間だからって譲《ゆず》ってもらえなかった。そして、私がアルバイトのときは、こうして帰りを待っててくれる。

「……着替えたりしてくるから。先に食べてていいよ」

「じゃ、待ってるね」

先に食べてって言ったのに。でもこれ以上美加さんとやり取りする元気もなく、私は自室にこもった。

制服から着替えることもせず、ぱたりとベッドに倒れ込む。色んな意味で落ち込みつつも、差し当たっての問題を思い出して頭を抱えた。

大悟くんに、弁解する余裕も時間もなかった。

ＩＤも交換しちゃったし、変な勘違い、されてなきゃいいけど……。

そうしてベッドから動けないまま、どれくらい経ったかわからなくなった頃だった。

スカートのポケットに入れていたスマホが短く振動し、待受画面に表示されたメッセの通知を見て思わず悲鳴を上げた。

『どうかしたー？』

ドアの向こうから美加さんの声が聞こえてきて、「なんでもない！」って答えてから、震える指先でそうっとスマホの画面を操作した。

表示されている名前は「岩倉」、だけど祐さんじゃない、大悟くんの方。

受信したメッセをそっと開き、さらに出かけた悲鳴はなんとか呑《の》み込む。

画面いっぱいに、びっしりと詰まった文字。

スクロールしてもスクロールしても、びっちりぎっちり文字が表示されている。

まさか脅迫文《きょうはくぶん》か何か⁉

怖々《こわごわ》とメッセージの最初に戻って読んでみると。

『岩倉大悟、15歳。身長185センチ、体重80キロ。8月23日生まれの乙女座《おとめざ》（こんな顔で乙女座ですまない）。家族構成は父・史郎《しろう》（45歳）、母・江美《えみ》（42歳）、弟・真央《まお》（5歳）、妹・実央《みお》（5歳）の4人（弟と妹は双子だ）。あと伯父《おじ》一家が近所に住んでる（祐の家だ）。出身は千葉県千葉市（生まれてこのかた引っ越したことはない）。保育園は……』

……なんだろう、これ。

大悟くんの詳細なプロフィールが、これでもかこれでもかと続く。それも、カッコの注釈がたくさんあって超丁寧《ていねい》。

こんなに長い文章を入力するの、どれくらい時間かかったんだろう……。

とはいえ、とてもじゃないけどそれを熟読する気にはなれず、するするするするスクロールして、最後の一文だけ読んだ。

『こんな俺だが、これから付き合っていくにあたってよろしく頼む』

「……あは」

思わず声が漏れ、ポロリとスマホが手から落ちた。

変な勘違いどころじゃない。

付き合うことになってるしっ！

落としたスマホを拾ってもう一度文面を確認し、枕に顔を埋めて声を上げた。

Ⅱ 失恋

朝の教室で、私が涙ながらに昨日の出来事をメグに話すと。

「何それウケる」

メグはお腹を抱え、目のはしに涙すら浮かべて大爆笑した。メグがこんな風に笑うのを初めて見た気がする。

「笑いごとじゃないよぉ……」

笑いすぎてひぃひぃ言ってるメグはクラスの注目を集めちゃってて、私は身体《からだ》を小さくして声をひそめる。話題の当人は隣のクラスにいるのだ。私がこんな風に友だちに相談しているなんてことが知れたら、東京《とうきょう》湾の底に沈められるかもしれない。

「ごめんごめん」

メグは姿勢を正し、呼吸を整えると足を組み直した。

「なんていうか、災難だったねー。ま、人生そういうこともあるよ！」

「いやナイし！」

すかさず突っ込んだ私に、メグはまた吹き出した。

「もう、まじめに考えてよ！」

「そんなの、『間違いでした、すみません』って謝るしかなくない？」

「謝ったら生きて帰れると思う？」

メグは笑いながら、うーんって考え込む。

「岩倉《いわくら》くんと言えばだけど。ちょっと前に、一人で暴走族を壊滅させたって噂《うわさ》も聞いたよ」

「えぇっ、何それ」

心臓を縮み上がらせている私に、メグはまたカラカラ笑う。

「さすがに一人で壊滅はガセだろうけど。確かに、素直に謝って通じる相手かわからないよね」

「今朝もこんなメッセがあって、もうどう返したらいいのかわからなくて……」

私はメグにスマホを見せた。

『おはようございます、岩倉大悟《だいご》です。今日の千葉《ちば》市の天気は最低気温が13度、最高気温が22度、降水確率10パーセントで傘の心配もなく、過ごしやすい一日になりそうです。また……』

「……なんで天気予報？」

「わかんない」

文字どおりの意味で飛ぶ鳥も射落とせちゃいそうなあの鋭い目つきで、天気予報をスマホにちまちま入力している姿がまったく想像できない。

「狩りには天気の情報が欠かせないってことかも」

普通の雑談ならともかく、天気予報じゃなおさら返すに返せない。

メグはじっとスマホの文面を見つめ、そして私に目を戻した。

「凛《りん》としては、なんとか誤解を解きたいんだよね？」

「そう」

「だけど、相手はうちの高校ナンバーワンの不良だし、素直に謝って話が通じるかわからない」

「そう！」

少し考えると、メグはこんな提案をしてきた。

「じゃあ、こんなのはどう？　『こんな女と付き合えない』って思われるように仕向けて、愛想尽かしてフッてもらえるようにするの」

思いもかけない提案に目を瞬《またた》く。

「嫌われるようにするってこと？」

「そう。それなら、こっちから謝るリスクもないし」

「すごい……すごいよメグ！　天才だよ！」

メグの両手を握ってぶんぶんとふる。

「まぁ、人に嫌われるようにふる舞うって、そこそこ大変だと思うけどねー」

「で、でもやってみる！　命かかってるし！」

私はスマホに向き直った。

「お、メッセ返すの？」

「よくわからない天気予報が来たから、とりあえずこっちもよくわからない情報を送ってみる」

スマホで検索した情報なども駆使し、早速作ったメッセをメグに見せる。

『おはようございます、小森《こもり》凜です。今朝午前8時時点の千葉駅の列車は、成田《なりた》線に遅延が発生しているほかは平常運転です。駆け込み乗車はおやめください』

「天気予報に対抗して、列車の運行情報？」

「どう？　微妙に学校にいるとき役に立たない情報でしょ？　わけわかんなくない？」

「とりあえず、最後の駆け込み乗車とかマジでわけわかんない」

メグの言葉に自信をもらった。

こういうのは思い切りが大事、えいやっと送信ボタンをタップする。

ちょっと時間はかかるかもしれないけど、こういう「わけわかんない」を積み重ねていけば――

メッセはすぐに既読になり、直後、返信があった。

『今日は久しぶりに電車通学だったから（いつもはチャリ通）、こういう情報は助かる。駆け込み乗車はしないようにする』

「なんで⁉」

私のスマホを覗《のぞ》き込み、メグはまたしてもお腹を抱えて笑いだす。

「もうダメ、笑いすぎて苦しい……駆け込み乗車しないってさ！」

「意味わかんない……」

「ま、そこまで悪い人じゃないんじゃない？」

「他人事《ひとごと》だと思ってー」

チャイムが鳴った。もうすぐ朝のホームルームだ。

メグはお腹を押さえながら自分の席に戻っていき、私はスマホを学生鞄《かばん》にしまった。

……今回は失敗しちゃったけど、次こそは。

★☆★

それから一週間、大悟くんからは毎日メッセが届いた。

それに対抗して私も列車の運行情報、映画の上映スケジュール、スーパーの特売情報などなどを送ってみたけど、面白がられたりお礼を言われたりで、フッてもらえるような雰《ふん》囲気《いき》にはまったくなってない。

今日もまた天気予報が送られてきたらどうしよう、なんて気が重くなっていた、その日の朝食の席でのこと。

「高校、どう？　クラスはもうなじめた？」

向かいの席から美加《みか》さんが明るく訊いてきた。食品メーカーで営業補佐をしている美加さんは長い髪をきっちりと結ったスーツ姿、化粧《けしょう》をするとさらに美人だ。

私は「まぁ」と食パンをかじりつつ小さな声で答えた。けどそれだけだと会話が終わってしまうことに気づき、ひと言つけ加えておく。

「メグも一緒だし」

メグの名前はつい話に出してしまいがちで、美加さんも知っている。

「メグちゃん、生徒会執行部なんだっけ。凛ちゃんは、本当に部活に入らなくていいの？」

「バイト、楽しいし……」

「そっか！　ならいいよね」

「うん……」

それ以上の会話は続かず、たちまち漂う気まずい空気に心の内で深いため息をついた。上《うわ》っ面《つら》の会話なんてどうせ続かない、最後はいつだってこんな風に終わるのだ。だったら、最初から黙って食べた方がマシなのに。

夕食も朝食も基本的に美加さんと一緒にとっているけど、毎日のこの時間が何気にしんどい。あまりのしんどさにいっそ朝食を抜こうかと思った時期もあったけど、毎食きちんと用意してくれる美加さんにそれは申し訳なさすぎる。結果、毎朝この空気を味わうことになっている。

気まずさをごまかすように黙々と食していたら、制服のスカートに入れていたスマホが振動した。片手でスマホを取り出して受信したメッセを見た瞬間、飲み込もうとしてた牛乳でむせかけた。

「大丈夫⁉」

大げさなくらい心配してくる美加さんを私は咳《せ》き込みつつ手で制し、スマホの画面を見直した。

『今日の乙女座《おとめざ》のラッキーアイテムはエンピツらしい。エンピツは力を入れすぎて折れることが多いから苦手だ』

天気予報じゃなくて、まさかの星占いだった。

大悟くんの星占いの結果を教えられ、どんな反応をしろと。おまけに、エンピツを折るほどの怪力だという補足まである。

美加さんに事情を説明してもしょうがない、ごまかして朝食を平らげ学校へ向かった。

教室に到着した頃にはこちらの返信も待たずに恒例の天気予報まで送られてきてて、もう頭を抱えるしかない。

何にどう返したらいいのか、正解がこれっぽっちもわからない……。

返信できないまま昼休みになってしまい、いよいよ切羽詰《せっぱつ》まってきた私は今朝届いたもろもろのメッセをメグに見せた。私は真剣に生命の危機を感じて助けを求めたっていうのにまたしても爆笑された上、「私のこと笑い殺す気⁉」なんてしまいには怒られる。

「笑いごとじゃないしー！」

私が半泣きになって抗議すると、「ごめんごめん」ってメグは謝り、とっておきの作戦を考えてくれた。

「もうこれしかないね！」

そう断言したメグは自信満々だけど、さすがにこれは気が進まない。

「ホントに……？」

「私を信じなって！」

　悩んでいてもしょうがない、もうほかにやれることもなく、メグの作戦に乗るしか道は残されていなかった。

　意を決した私は、こうしてメグが向けてくるスマホのカメラに渾身《こんしん》の変顔をキメた。

「……終わってる……女子として終わってる……」

　撮れた写真は、詳細を説明するのが憚《はばか》られるほどのデキだ。変顔選手権があったら上位入賞間違いなしとだけ言っておく。

「自分がここまでブサイクになれる生き物だなんて思わなかった……」

「さすが凜だよ！　普通ここまで思い切れないし！　自信持ちなって！」

「そんな自信持ちたくない」

「でもでも、これなら愛想尽かしてもらえるかもよ？」

　メグの慰めを励《はげ》みに、震える指先で画像を大悟くんに送信した。

　どうかうまくいきますように……！

　メッセはすぐに既読になった。

　さすがに今度こそ「こいつはヤバい」って思ってもらえたかな、そしたら変顔の甲斐《かい》もあったかなって期待に胸が膨《ふく》らんでく。

いつもなら数分もかからず返信があるところ、昼休みの終わりのチャイムが鳴っても何も反応がなかった。

そしてとうとう五時間目の数学の先生が教室に現れ、これはいけたんじゃない？　って思ったその直後。

学生鞄《かばん》にしまおうとしたスマホが震え、ビクついた私はそっとメッセを開いた。

強面《こわもて》を下からのアングルで撮った写真が表示されていた。

口元には獲物を仕留めてニタリと笑うような笑みが浮かび、長い髪で影になりはっきり見えないその目は凶悪な光を放っていて。

恐怖のあまり悲鳴を上げてスマホを学生鞄に突っ込んだ。

「小森ー、何かあったかー？」

教卓の方から先生に声をかけられ、怯《おび》える小動物のごとく首をふる。

……ヤバい、本当にもうどうしたらいいのかわからない。

さっきの画像、お前の息の根を止めてやるって意味だったらどうしよう。

しかもよりにもよって、今日の放課後は、《リング・リング・リング》のアルバイトの日なのに！

同じ学校とはいえ、クラスも違うし廊下《ろうか》に出るときに気をつけていれば、大悟くんと顔を合わせずにいることはどうにか可能だった。

けど、アルバイトじゃもうどうしようもない。

メグに幸運を祈られつつ学校をあとにした私は、重い足取りで《リング・リング・リング》へと向かう。

前は、アルバイトに行くだけで楽しみだったはずなのに。

この間のシフトのときに、次の大悟くんのシフトは私と同じだって祐《ゆう》さんから聞いたばかりだった。

「俺もサポートするけど、凜ちゃんもよろしくね」なんて頼まれて、そのときは「任せてくださいっ！」ってはり切った返事もしちゃった、けど。

憂鬱《ゆううつ》にもほどがある。

付き合うことになったと誤解しているわりに、大悟くんからの接触はこれといってない。会話の成り立ってないメッセのやり取りを、毎日数通しているだけだ。

でもだからこそ、何を考えてるのかわからなくて怖い。

控え室で、もし二人きりとかになっちゃったら――

「おはよう凜ちゃん。あ、もう新入りくん来てるから。今日からよろしくね」

輪島《わじま》さんは裏口のドアを開けてくれるなり、そんな風に私にトドメを刺した。

何をどうよろしくしたら？

控え室のドアをそっと開けると、控え室のテーブルの上には私のものと同じ学生鞄が置いてあり、着替えスペースのカーテンがもぞもぞ動いていた。私の両足が入っちゃいそうな大きなスニーカーが床に転がっていて、カーテンの向こうにいる人物は疑いようがない。

ここまで来たら、回れ右をして帰ったり無視したりなどもうできない。

覚悟を決めた。

「おはよう、ございます」

そっと声をかけると、カーテンの奥の動きがピタリと止まった。

それから、もぞもぞの動きが速くなるやいなや、ジャッと音を立てて勢いよくカーテンが開く。

「おはようございます！」

威勢のいい声が控え室中に響き、七分袖《しちぶそで》の白いシャツに黒いズボンという、店の制服に着替えた大悟くんが顔を出した。

面と向かって見下ろされると、やっぱり背も高いし手足も長いしで圧倒されて内臓がすくみ上がる。

「今日から、よろしく頼む」

けど、予想外に丁寧《ていねい》に頭を下げられた。

全身で感じていた恐怖のせいで反応が遅れ、思わず「え」と漏《も》らしてから私は慌ててパタパタと両手をふる。

「わ、私もまだ始めて一ヶ月も経ってないし！　そんな、頭下げられるほどのものじゃ……」

「それでも、先輩は先輩だろ」

などと答える大悟くんは大まじめだ。

……もしかしたら、不良の世界では、先輩後輩の上下関係がすごく厳しいのかもしれない。

先輩だと思われているなら、ひとまず息の根を止められることもなさそうだし。心のすみっこでホッとしつつ、「こちらこそ」って頭を下げ返しておいた。

「――二人とも、何ペコペコやってるの？」

クスッと笑われ、ふり返ると輪島さんが立っていた。その手にはコーヒーのカップ二つが載ったトレーがある。

「コーヒー、余っちゃったヤツだけど。よかったらどうぞ」

「ありがとうございます！」

昔はコーヒーは苦くて苦手だったけど、このお店で働くようになってからいい香りだなって思えるようになり、お砂糖を入れれば飲めるようになった。祐さんや輪島さんはブラックで飲んでて大人って感じがする。

輪島さんからトレーを受け取り、テーブルの上に置いた。店の方に戻っていく輪島さんにお礼を言って向き直ると、大悟くんは立ち尽くしたままカップをじっと見ている。

「えっと……」

「砂糖、あるか？」

あ、見た目に似合わず、大悟くんもブラックは苦手なのかな。

「お砂糖あるよ。ちょっと待ってね」

私は控え室の奥の事務所から、シュガーポットとマドラー代わりのスプーンを取ってきた。

テーブルの方に戻ると、大悟くんは脱ぎっ放しだった制服をぎこちない手つきで調《ととの》えつつハンガーにかけていて、こっちに背中を向けている。どちらかといえばすらっとして見えたし、そこまでがっちりした体格って印象はなかったけど。シャツの背中はやっぱり男の子って感じで広く、不覚にもドキッとする。

と、そこで閃《ひらめ》いてしまった。

「……お砂糖、大悟くんのコーヒーにも入れておこうか？」

「あざっす」

まるで部活の先輩にでも接するように大悟くんは礼を言う。

ごめんなさい、って心の中で謝ってから、私は大悟くんが見ていない隙《すき》を狙ってカップに砂糖を入れた。

メッセのやり取りだけじゃ、会話らしい会話は成り立ってないし、フッてもらうのは難しそう。

ならば。

命がけになるかもしれないけど、どうしようもないドジっ子キャラで攻めようと決めた。

「こんなドジとは付き合ってらんねーぜ」って思われるラインを目指す！

大悟くんがこっちを向いたので、私は砂糖を入れたカップを差し出した。

「ど、どうぞ……」

大悟くんは椅子《いす》に座り、「いただきます」と神妙な顔で両手を合わせてからコーヒーカップに口をつけた。私は心臓をバクバクさせながらその様子を見守る。

カップには、砂糖をスプーン五杯分入れた。

いかにも甘いものとか受けつけなさそうな顔してるし、こんな激甘コーヒーを飲まされれば愛想を尽かしてくれるはず……！

寿命《じゅみょう》が縮む思いで、私が自分のカップをスプーンでかき回していると――

大悟くんの長い前髪の下の目がカッと見開かれた。

その目つきのあまりの鋭さに、ドジっ子とかやっぱり無理！　ってさっきの決意が全部吹っ飛ぶ。

「す……すみません！　ごめんなさい！　私――」

「うまい」

大悟くんはさも感心したような口調でそう言い、激甘コーヒーをさらにひと口、ふた口と飲んでいく。

「俺、コーヒー苦手だったんだけど、これなら飲める」

「え……ええ？　甘くないの⁉」

「甘いもんは好きだし」

「そ、そうなんだ……」

「この店のドーナツも昔から好きなんだ。だから、バイトできて嬉しい」

「ここのドーナツ、おいしいよね……」

引きつりかけた顔で返しつつ、マジか、と心の中で呟《つぶや》く。

目に見えない棘《とげ》で全身を武装しているような見た目のくせに、ドーナツ好きとか甘党とか、キャラ設定、間違ってない？

あ、それとも、暴走族をボッコボッコ倒すには多量の糖分摂取《とうぶんせっしゅ》が必要とか、そういうこと？

「一番好きなのは、チョコレートリングだな」

「あ……チョコが練《ね》り込んであるヤツ？」

「そう。小森さんは、その、どれが好きだ？」

「どれも好きだけど……ストロベリーファッション、かな」

「ストロベリーもいいな」

大悟くんは鋭い視線でコーヒーカップを睨《にら》みつつも、どこか遠慮《えんりょ》するような小さな声でボソボソと言葉を返してくる。

気がつけば、初めて普通の会話が成立していた。

……思ってたよりは、怖くない、かも？　見た目はあいかわらず怖いけど……。

でも、考えてみればそれもそっかとも思う。

従兄《いとこ》の祐さんとは仲よさそうだし、輪島さんとも面談をした上でこの店のアルバイトとして採用されているのだ。不良だのなんだの言われてるけど、いつでもどこでも誰にでも噛《か》みつくってわけないよね。

結果的に喜ばれはしたけど、何も悪いことをしていない大悟くんのコーヒーに砂糖をだばだば入れるという嫌がらせをした私の方が、むしろよっぽど性格悪いし嫌なヤツでは……。

私もコーヒーを飲み、店の制服に着替えなきゃと席を立ったそのとき。

大悟くんも音を立てて勢いよく席から立ち上がり、私は思いっ切りビクついた。

「小森さんに、訊きたいことがあったんだった」

などと前のめり気味に言われ、「な、なんでしょう……?」とバクバクする心臓を抑えつつ返す。

付き合うことについての話だったらどうしよう、と身がまえていたら。

「あの写真、どうやって撮ったんだ?」

「え?」

「今日の昼休みに送られてきた、あの写真。あの顔芸は、小森さんの特技なのか?」

瞬間湯わかし器みたいに顔が熱くなって湯気が出た。

「真似《まね》しようと思ったけどうまくできなかった。鼻を引っぱりながら白目むくのが難しくて――」

「あ、あんなの真似しないで！　やめて！　もう言わないで！　見なかったことにしてください！」

「あれは、小森さんの隠し芸ってことか」

大悟くんは凶悪な顔を歪めた。目元は長い前髪であまり見えないけど、その口角の上がった唇を見て気がつく。

……笑ってる、のかな。

「小森さんは、ホントに愉快だな」

大悟くんは空《から》になったカップを手に、揚々《ようよう》と控え室を出ていった。

上下関係に厳しくて。

甘党でドーナツ好きで。

渾身《こんしん》の変顔を隠し芸だと言ってくる。

店の外をせっせと掃除《そうじ》する大悟くんを遠巻きに眺めつつ、私はため息をついた。

なんだか混乱。喧嘩上等《けんかじょうとう》の磨《と》いだナイフみたいな、怖い生き物なんじゃなかったのか。

考えてもしょうがない。仕事に集中しようと店の中に目を戻したら、ちょうどカウンターの方にやって来た輪島さんに声をかけられた。

「あの子って？」

「あの子、かわいいよねー」

輪島さんは「大ちゃん」と言って店の外の大悟くんを指さす。あの見た目で「大ちゃん」なんてあだ名をつけちゃうの？　というか。

「かわいい？　あれが？」

思わず声を上げた私を輪島さんは笑った。

「もちろん、見た目がってことじゃないけど。まじめで不器用で一生懸命で、なんかいいじゃん。昔からそうなんだよねー」

そういえば、輪島さんは岩倉さんのお母さんの友だちだって聞いている。大悟くんも昔からここのドーナツが好きだって話してたし、もともと面識があったんだろう。

その「大ちゃん」はといえば、大きな身体《からだ》を小さく屈め、箒《ほうき》を必死に動かしている。私が教えた資材の場所や掃除の手順なども、そんな細かいことまで⁉　ってくらいせっせとメモを取っていた。

「学校で、そんなこと言う人いないかも」

ポツリと漏らした私に、「そうなの？」と輪島さんが首を傾《かし》げる。

「同じクラスじゃないから詳しくないですけど。怖がられてるっていうか……」

「確かに、勘違いされやすい見た目してるよねー。見た目を変えるっていう発想にはならないところがまたかわいいけど」

伸び気味の髪、見上げるほどに高い背、そして人を射殺せそうな鋭い目。

殺し屋ってあだ名までつけられてるし、私も心の中では「不良さん」などと呼んでいた、なんてことは輪島さんには言わないでおく。

「彼、人と話すのが苦手で、だから接客業をやってみようと思ったんだって」

「苦手なのに？」

「どうにかしたいって思ってるんでしょ。そういうとこも健気《けなげ》でいいじゃん」

なんだか楽しげに厨房《ちゅうぼう》の方に去っていく輪島さんを見送り、店の外の大悟くんに目を戻したら。

いつの間にか掃除の手は止まっていて、若い女性と話をしていた。ふわりとしたスカートに春らしいカーディガンを羽織《はお》った、大学生くらいのかわいらしい女の人。

あまりにアンバランスな組み合わせだし、何かあったのかなってハラハラしたけど、女性は怖がることもなく大悟くんと言葉を交わし、小さく手をふって去っていく。

トラブル、ではなさそう。知り合いとかかな……？

気になっていたら少しして、店の裏手でゴミをまとめ終えたらしい大悟くんが、店の中に戻ってきたので訊いてみた。

「さっき話してた女の人、知り合い？」

「あぁ、あれは――」

そのとき、「すみませーん」ってお客さんの呼ぶ声がした。

「そこのグラス洗っておいてもらえる？」って大悟くんに指示を出し、私はお客さんの方へ小走りで向かった。

★☆★

四月も残り一週間。もうすぐ訪れるゴールデンウィークは、半分はアルバイト、残りはメグと会ったり中学時代の友だちと遊んだりする予定があるくらい。

祐さんに告白できてたら、ゴールデンウィークの予定はどうなってたかなぁって考えるとため息が止まらない。

大悟くんがいつでもどこでもキレるようなキャラではないらしいとわかったものの、いまだに謝って誤解を解くには至ってない。アルバイトのときは少しは普通の会話ができるけど、普段は会話の成り立たないメッセのやり取りばかりが続き、切り出すタイミングも摑《つか》めない。

誤解が解けないまま、祐さんに告白なんてできないし……。

なんて悶々《もんもん》としていたある日だった。

その日の夕方は私と祐さん、そしてまだ研修中という扱いの大悟くんの三人が店に揃《そろ》ってた。大学のゼミが忙しかったという祐さんと会うのは五日ぶり、一人内心で浮かれていた最中のこと。

一人の女性が店を訪れた。

なんとなく見覚えがあるなって思ってから、フロアのすみを掃除していた大悟くんが離れたところから小さく会釈《えしやく》したのが見えて思い出す。

前に、店の外で大悟くんと話してた女の人だ。

大悟くんに会いに来たのかと思いきや、女性はレジカウンターのそばにいた私――ではなく、隣にいた祐さんに笑みを向けた。

「買いに来ちゃった。今日は何時まで？」

「十時」

「じゃ、そのあと、うち来る？」

え？　って私が思った一方、祐さんの表情は解《ほど》けるように緩《ゆる》む。

「それ、来いってことだろ。りょーかい」

こんな風に笑う祐さんを、私はまったく知らなかった。

ドーナツを買った女性と店の外で話している祐さんを見ていたら、輪島さんがカウンターにやって来た。

「なんだ、あの二人、もうヨリ戻したの？　今回は短かったなー」

「……祐さんのカノジョさん、ですか？」

「そうそう。腐れ縁でね、もう付き合い始めてから六年だったかな。年中喧嘩しては別れて、少し経つとまたヨリ戻すんだよね」

やれやれ、とでも言いたそうな輪島さんに、私はなんとか浮かべた苦笑で応える。

「六年って、長いですね」

祐さんは、私にとってはいつだって優しい王子さまだった。

けど、カノジョさんと話す祐さんは、ちょっとぶっきらぼうな口調で、でも誰よりも優しい目をカノジョさんに向けていた。

入り込む余地なんてないって、嫌でも思い知らされる。

チャンスを待とうって思ってた。

待っていれば、いつかはチャンスが訪れるだろうって。

――でも、そんなものはきっと、私には訪れない。


アルバイト中だし、お客さんもいるし、そして何より祐さんもいるし。

どこまでも落ちてっちゃいそうな気持ちをなんとかごまかし、どうにか作った笑顔で仕事をこなし、その後の数時間を乗り切った。

午後七時半、今日のアルバイトが終わる時刻。

「お先に失礼しまーす」

そう明るく挨拶《あいさつ》して、一人店の奥に引っ込んだ。

そして、控え室に戻った瞬間。

顔にはりつけてた笑顔が落っこちた。

今は人がいないとはいえ、いつ誰が来るかわからないのに。抑えつけてた分、膨《ふく》らんだ気持ちが一気にあふれ、両目から涙になってこぼれてく。

初めて祐さんと話したときのこと。

高校に合格したと報告しに来たときのこと。

色んな仕事を丁寧《ていねい》に教えてくれたときのこと。

大事にしていた色んな思い出たちが、次々に蘇《よみがえ》っては涙になって落ちていく。

去年からずっとずっと想ってたのに。

見てもらえるようにがんばったのに。

私なんて、最初から眼中になかった。

大事でしょうがなかったこの気持ちを、どうしたらいいのかわからない。

大声を上げて泣いてしまいそうなのを必死に堪《こら》え、目元にハンカチを当ててうずくまっていたら。

「……小森さん？」

かけられた声にハッとした。

いつの間にか控え室のドアが開いていて、大悟くんが睨《にら》むような目でこちらを見下ろしていた。

洟《はな》をずびっとすすり、答えられずにいると。

「どうかしたのか⁉」

大悟くんは駆け寄ってくるなり、私の前に膝をついて顔を覗《のぞ》き込んでくる。

「どこか痛いのか？　救急車呼ぶか？」

……さっさと着替えて帰ればよかった。

ただでさえ険しい目つきをさらに鋭くし、立ち上がって「輪島さん呼んでくる」と去ろうとする大悟くんの腕を掴む。

「どこも痛くない」

「でも――」

「大悟くん、控え室に何か用でもあったの？」

「俺はその、指を切って絆創膏《ばんそうこう》、取りに来ただけ。レシートの紙を交換してて……」

私はハンカチで涙を拭《ぬぐ》うと、救急箱のある棚《たな》を指さした。大悟くんは私を気にしつつも救急箱から絆創膏を取り出し、左手の人差し指に巻きながら話しかけてくる。

「小森さん、本当にどこも痛くないの？」

「……悲しいことがあっただけ」

失恋したとは言いづらくて曖昧《あいまい》に答えると、大悟くんは顔を強《こわ》ばらせたまま私の前に再びしゃがんだ。

そして。

「じゃあ、心が痛いってことか？」

眉《まゆ》をひそめて眉間《みけん》に深い皺《しわ》を作り、ガンを飛ばすような目つきでそんなことを訊いてくる。

……その顔で、「心が痛い」なんてポエミーなこと言わないでほしい。

そんな気分じゃないのに少し笑っちゃって、大悟くんはきょとんとする。

「何かおかしかった？」

「うん……」

濡れていた目元をハンカチで拭い、私は大悟くんの顔を見た。

今なら、ホントのことを言っちゃえる気がした。

「私ね、祐さんのこと好きだったの」

大悟くんが固まったのがわかり、たちまち罪悪感でいっぱいになりながらも言葉を続ける。

「だからカノジョさんとヨリを戻したって聞いて、失恋しちゃったなーって悲しかっただけ」

大悟くんの反応はない。

祐さんのカノジョさんとは、大悟くんも面識があったんだろう。六年も付き合ってたら、家が近所の従弟《いとこ》と知り合っててもおかしくない。

輪島さんもカノジョさんのことは知ってたし、結局、知らなかったのは私だけ。

「前に大悟くんに……その、『好きでした』って言ったこと、あったでしょ。あれ、間違いなの。控え室に祐さんがいると思って、祐さんに告白したつもりだったの。だから、大悟くんに告白したわけじゃない」

私は立ち上がり、しゃがんだままの大悟くんに頭を下げた。

「ごめん……もっと早く言えばよかった」

しばしの沈黙のあと、大悟くんがゆっくりと立ち上がった。

怒られてもしょうがない。

静かに目をつむって、怒鳴られても罵《ののし》られてもいいように、ぎゅっと身体《からだ》を固くしていたら。

「――悪い」

降ってきたのは低く静かな言葉で、そっと目を上げた。

「悲しいときにそんな話させて、悪い」

大悟くんは怒るどころか悲しげな雰囲気《ふんいき》すらまとってそんなことを言い、私の方が混乱してしまう。

「なんで怒らないの？」

「俺が怒る理由なんか――」

「だって、ずっと騙《だま》してたみたいになってたのに」

「最初から、俺なんかに告白してくるのは変だと思ってたから」

大悟くんは自嘲《じちょう》気味に言うと唇の端《はた》を少し上げた。

「何か、間違いとか勘違いとか、そういうのだろうなって」

「でも、あのときＩＤ交換したのは――」

「祐に、《リング・リング・リング》に同い歳の女の子がいるから、仲よくしろって言われてたんだ。せっかく話しかけられたし、それなら思い切って連絡先を訊いておこうと思って」

「じゃ、じゃあ、初めて送ってきたあのメッセは？　最後に『これから付き合っていくにあたって』みたいなこと書いてあったけど……」

「自己紹介が大事だって祐に言われてさ。あと、アルバイトでの付き合いをよろしく頼むって意味だったんだけど……」

脱力のあまり涙は引っ込み、近くのテーブルに思わず手をついた。

わかりにくすぎる。

「やっぱり、どこか悪いのか？」

心配そうに訊かれて首を横にふる。

「悪くない……ちょっと気が抜けただけ」

「ならいいけど」

「ねぇ、なんで毎朝、天気予報を送ってくるの？」

突然の私の質問に、大悟くんは目を瞬《またた》いてから答えてくれる。

「会話のつかみは天気の話からって本で読んだ」

とうとう堪え切れなくなって吹き出した。

声を上げてわんわん泣きたいくらい辛《つら》くて悲しかったはずなのに！

テーブルに手をついたまま、身体をくの字に折ってクスクス笑ってしまう。

「小森さん、なんで笑ってんだよ」

「だって……大悟くん、面白すぎ」

「俺、面白いなんて言われたことないし。それに、小森さんの方がずっと面白い」

あの変顔のことかって思ったら、ちょっと違った。

「小森さんのメッセは、いつも面白くて楽しみなんだ。ＩＤ交換したのが、小森さんでよかった」

まっすぐすぎる言葉に、反応に困りつつも、不思議なことに心が痛いのはちょっと薄らいだ。

それに、どうせ私なんて見てもらえなかったんだって気持ちも、こんな私でよかったと言ってくれた彼に少しだけ救われる。

目の前の男の子を見つめ返す。

うろたえたような顔をした彼は、殺し屋でも不良さんでもない、目つきは悪いけどちょっと天然でわかりにくい、普通の男の子でしかなくて。

怖くなんてまったくなかった。

★☆★

数日後、学校帰りに《リング・リング・リング》に行くと、控え室には先に到着した大悟くんがいた。また着替えスペースのカーテンがもぞもぞ動いている。

「おはよう」

声をかけると、大悟くんがカーテンの隙間《すきま》から顔だけ出した。

「おはようっ！」

威勢のいい挨拶が控え室に響き、つい笑った。大悟くんはそんな私に、あからさまにホッとした顔になる。

「よかった。小森さん、もう来ないんじゃないかって心配してた」

大悟くんは再びカーテンの奥に引っ込み、着替えを終えて出てきた。

「辞めたりしないよ。私、ここで働くの好きだもん」

正直なところ、アルバイトを辞めるべきかどうか、迷わなかったと言えば嘘になる。

でも、私はこのお店で働けてよかったと思っているし、学校や家とは違うところに居場所ができたことも嬉しかった。

それを否定したり、なかったことにしたりするのは嫌だ。

「その……『心が痛い』のは、もう平気か?」

失恋のことを遠巻きに訊かれ、「平気じゃないけど」って素直に答える。

悲しいしショックな気持ちもまだ残ってる。

でも、それで祐さんのことを嫌いになれるわけじゃない。

それに、祐さんのことを好きだった自分を否定したくもない。

悔《くや》しいけど、しょうがないって事実を認めることしかできないのだ。今はとっちらかったままの気持ちを、少しずつ整理してくしかない。

「そのうち平気にする」

「小森さんは強いんだな」

真顔でそんなことを言われてちょっと照れた。

これ以上私の失恋話を続けるのもなんだし、「それより！」って話を逸《そ》らす。

「なんで最近、天気予報、送ってくれなかったの？」

あの日から、大悟くんからのメッセがパッタリ途絶えていた。

告白は誤解だったって、わかったからかもしれないけど……。

それは、とかなんとか、大悟くんは少しもごもごしてから答える。

「心が痛いときは、天気予報の気分じゃないかと思って」

こういうことを強面《こわもて》で言わないでほしい。笑っちゃいそうになる。

「心が痛いのが紛《まぎ》れそうだから送ってよ」

「いいの？」

「うん。それに、天気予報が送られてくるの、意外と便利だし」

それから、私は学生鞄《かばん》からビニール袋を取り出した。

「これ、クッキーなの。私が作ったヤツでよければだけど……」

クッキーの包みを差し出すと、大悟くんは前髪の奥の目を丸くして固まった。

思ってなかった反応で、私は慌てて説明する。

「クラスの子に誘われてね。昨日、家庭科部に参加してみたの。バイトも今までどおりやるけど、それ以外のことやったら気分転換になるかなって。それでクッキーたくさん焼いたから……あ、でも、手作りが苦手とかだったら無理しなくても——」

「そ、そんなことない！」

お店まで聞こえちゃいそうな大きな声で大悟くんは私の言葉を遮《さえぎ》り、そして長い前髪の奥からそっと窺《うかが》ってくる。

「もらっていいのか？」

「うん。お礼というか、おわびというか……」

大悟くんは包みを受け取ると早速開き、小学生みたいに目を輝かせた。甘いもの好きだってわかってはいたけど、もらってくれてよかった。

「この間は、ありがとう。あと、ごめんね」

「小森さんが謝ることなんてないだろ。クッキーももらったし」

「いいの、私が謝りたいだけだから」

間違って告白しちゃったこともそうだけど、周囲の噂《うわさ》や見た目で勝手に怖い人だと思い込んで、距離を取ったり失礼なことをしちゃったりしたことも謝りたかった。

それに、私なんて全然ダメだったなとも思った。こんな状態で祐さんに告白なんかしなくて、ある意味よかったかもしれない。ちゃんと自分の目で見て考えられるような、そんなステキな女の子になりたい。

このクッキーは、そのためのステップだ。

「あのね、告白は間違いだったんだけど……またメッセ、送ってくれたらいいなって思ったの」

「わかった。天気予報、欠かさず送る」

大悟くんが「ＯＫ」って言うように太い親指を立ててグッとしたけど、多分、私の意図は伝わってない。

「そうじゃなくて」と急いでつけ加える。

「天気予報じゃなくてもいいから！　その……ちゃんと、友だちになれたらいいなって思った」

「友だち？」

「そう。だからそのクッキーは、おわびと、これからもよろしくってことで……」

失礼なことも散々したし、今さら調子がよすぎるかもしれないとは思いつつ、大悟くんを見た。

大悟くんはクッキーと私の顔を見比べ、そして。

「わかった」

ふわりと解《ほど》けるように笑った。

いつもの周囲を威嚇《いかく》するような強面なんてないかのような、ふんわり柔らかい笑顔。

あまりの不意打ちに息を呑《の》む。

……こんな風に笑えるんじゃん。

ずっとこんな顔をしてればいいのにと思っていたら、大悟くんはハタと気づいたように真顔に戻り、姿勢を正してから深々と頭を下げた。

「こっちこそ、よろしく頼む、小森さん」

まるで一生のお願いを聞いてもらうような礼だ。

大げさだって突っ込んじゃいそうになるけど、ここは私も合わせて頭を下げておこう
——と思って閃《ひらめ》いた。

「そうだ！　私のこと、名前で呼んでいいよ。私も大悟くんって呼んでるんだし、その方がいいよ」

「名前……？」

「そう。友だちには苗字《みょうじ》じゃなくて『凜』って名前で呼ばれることの方が多いし、私もそっちの方が慣れてるんだ」

大悟くんは少しの間のあと、大きく頷《うなず》いた。

「わかった、凜」

低い声で呼ばれた名前に思いがけずドキッとしたけど、「そんな感じ！」って手を叩いてごまかしておく。

……名前で呼んでって、自分で提案したくせに。

変にドギマギした私の一方、大悟くんは袋の中のクッキーをまじまじと見つめてから、

「一個だけ食べてみてもいいか？」って我慢し切れない顔で訊いてきた。

Ⅲ

家族のこと

ゴールデンウィークが終わり、五月も中旬《ちゅうじゅん》。

今日の放課後も、私はアルバイトに勤《いそ》しんでいる。

「凛《りん》、溜まってた洗いもの終わったぞ」

シンクの方から大悟《だいご》くんに声をかけられ、「ありがとう」って返した。

「そしたら、カウンターに出てみる?」

「わ、わかった」

大悟くんの返事はたちまち固くなる。

最近は夕方遅くのこの時間は、輪島《わじま》さんは奥の事務所で仕事をしていて、私と大悟くんの二人でフロアを回すことが多い。カフェ席は埋まるけど、もともと席数が多くないし、夕飯の買いものついでにテイクアウトのドーナツを買っていくお客さんがちらほら、って感じ。

なので、大悟くんの接客練習タイム。

手を洗って消毒し、レジカウンターに立った大悟くんは、いかにもそわそわ落ち着かない。

「そんなに緊張しなくてもいいのに」

ボソッと背後から話しかけると、これでもかとビクつかれた。

「わ、悪い……」

大悟くんは大きな手のひらに「人」っていう字を素早く十回くらい書くと、ごくりと大きく呑み込んだ。

大悟くんが《リング・リング・リング》で働き始めてそろそろ一ヶ月。

人と話すのが苦手だから接客業をやりたかった、という志望動機のわりに、いまだに慣れた様子はない。

おっかない噂《うわさ》だらけ、目つきは鋭く背は高く、身体《からだ》だって小さくはない。というのに、実態は気が小さいんだかなんなのか……。

チリンとベルが鳴って店のガラス扉が開き、幼稚園生くらいの女の子と、その母親らしき女性が現れた。私が肘で小突くと、「いらっしゃいませ！」と大悟くんは元気よくというよりは威勢よく挨拶《あいさつ》する。

大きな声に女性はちょっとビクッとして大悟くんを見上げ、それを見た大悟くんもたちまち硬直してしまう。

微妙な沈黙が落ち、私は慌てて大悟くんの陰から顔を出して「お持ち帰りですか？　こちらでお召し上がりですか？」と明るく声をかけた。

「えっと……持ち帰りで、お願いします」

女性はその場にしゃがみ、「どれがいい？」と手をつないでいる女の子に訊いている。優しそうなお母さんだ。

うらやましさと胸の奥で蘇《よみがえ》る後ろめたさを覚えつつ、私は大悟くんに目を戻した。

「季節のおすすめ」と小声でアドバイスすると、大悟くんはハッとしてショーケースの上から母子の方に身を乗り出した。

「期間限定、オレンジチョコレートのオールドファッションがおすすめです！」

まるで応援団のような、はりと勢いのある声に女性はまたビクついた。

いつもいつも思うけど。身体が大きいと声まで大きくなるのかな。

突然の大声に店の中はシンとしてしまい、高いところから見下ろされた女の子は思いっきり顔を歪めてしまう。涙が飛び出す五秒前って感じだ。

これはヤバい……と思った直後。

「タロー！」

女の子はそう声を上げるなり、予想に反してケタケタと笑いだした。今度は私と大悟くんの方がポカンとする。

「あの……ごめんなさい、こら、笑うんじゃないの！」

困惑気味にお母さんに注意されても、女の子はお腹を抱えて笑っている。

「だって、うちのタローにそっくりなんだもん！」

大悟くんと顔を見合わせていたら、お母さんは身体を小さくして謝った。

「本当にすみません、うちで飼ってる犬のことで……」

「タローはね、毛が長くて、体が大きくて、よく吠《ほ》えるの！」

なるほど。それはそっくりかもしれない。

女の子は「タローのおすすめがいい！」とのことで、オレンジチョコレートのオールドファッションを選んでくれた。お会計を済ませ、大悟くんはショーケースの前に出てしゃがむと、袋に詰めたドーナツを女の子に渡す。

「大事に持って帰るんだぞ」

「うん。タローもよくできました！」

怖いもの知らずな女の子は大悟くんの長い髪の毛をわしゃわしゃし、ドーナツを受け取って「また来るねー！」と去っていった。

「よかったね、また来るって」

わしゃわしゃされたままの髪で、大悟くんはコクリと頷く。

「泣かせなくてよかった」

かわいらしいドーナツ店には似つかわしくない鋭い目つきと、空気を読まずついはり上げてしまうその声のせいで、お客さんをビビらせ子どもを泣かせたことは一度や二度じゃない。さっきみたいなのはレアケースだ。

失敗する度《たび》に大悟くんは「俺なんかが人前に出るとやっぱり迷惑になる……」とうじうじするのだけど、それを輪島さんや祐《ゆう》さんと一緒に励《はげ》ますのにも慣れてきた。

それに。

「今日も元気だねぇー」

カフェ席でお茶をしていた常連のおばあちゃんが、大悟くんにニコニコと声をかけ、席を立って伝票を渡す。

「あざっす」

「お兄ちゃんの声聞いてると、なんだかこっちまで元気出てくるよ。長生きできそう！」

ティータイムになるとやって来る常連のお客さんたちは、そんな大悟くんにすっかり慣れ、最近は気さくに話しかけてくれるようにもなった。

大悟くんが九十度に腰を折って「ありがとうございました！」とおばあちゃんを見送るのを見ていると、私までほっこりしてしまう。

このお店は、お客さんも含めてとっても温かい。

その日は少ししてから、遅番の祐さんも店に現れた。

くれる。

「おはようございます」って声をかけると、祐さんはいつもの王子さまスマイルを向けて
「今日は大悟の接客どうだった？」

「それがですねー……」

最近は、祐さんに大悟くんの接客練習の報告をするのが恒例行事になっているのだ。

「余計な話はするな」って大悟くんはむくれるものの、祐さんに「よくできたな」とか褒められるとたちまち大人しくなってまんざらでもない顔になる。私の想像以上に、大悟くんは祐さんに懐いているようだ。

と、そんな感じで。

失恋はしたけど、あいかわらず居心地よく週に三日のアルバイト生活を楽しんでいる私なのだった。

祐さんを見ればカッコいいなぁって今でも思うし、胸がものすごく痛むこともある。けど、こうやって変わらず仲よく話せるのはやっぱり嬉しかったし、よかったとも思う。もしこれでカノジョさんの存在を知らずに告白してフラれていたら、気まずさのあまりアルバイトを辞めていたかもしれない。そんなことにならなくて、本当によかった。

ここには楽しいことや、やりがいを感じられることもたくさんある。少しくらい胸が痛

んでも、そのうち慣れていって、痛いのも薄らいでいくのかなって、寂しいけど思うのだ。

それくらい、私はこの場所が好きだし、とても大事に思ってる。

だから。

アルバイトが終わって制服を脱ぐと、急に現実に引き戻されたような気持ちになる。

店の裏口から出ると、楽しかったのが嘘みたいなため息が漏《も》れてしまう。

午後八時前。日がすっかり落ち、家路を急ぐ大人たちに交じって歩く私の足は、とっても重たい。


帰宅した私が「ただいま」って言う前に、玄関のドアが開く音を聞きつけて声が飛んできた。

「おかえりー、凜ちゃん」

キッチンの方から廊下《ろうか》に顔を出した美加《みか》さんはエプロン姿で、長い髪をポニーテールにしている。

「今日、ちょっと早く仕事上がれたから、夕ご飯は煮込みハンバーグにしたんだ。凜ちゃんの好物」

美加さんが作るハンバーグはとってもおいしい。想像しただけでお腹が鳴りそう。

けど、同時に思ってしまう。

仕事が早く終わったなら、私の好物を作ることになんか時間をかけないで、ゆっくりすればいいのにって。もっと簡単でおいしい料理を、美加さんならいくらでも作れるのにって。

「もうすぐできるから——」

私は鞄《かばん》を肩に提げ直して美加さんの言葉を遮《さえぎ》った。

「ちょっと、友だちに電話する用があるから。先食べてて」

咄嗟《とっさ》にそんなことを言ってしまい、決まり悪さに目を足元に下ろした。けど、美加さんは気にした様子もなく「そうなの？」と応えた。

「じゃあ、電話が終わるの待ってるよ」

「いいよ、待たなくて」

「でも、私が待ちたいから」

にっこりした美加さんにそれ以上は言えず、私は学生鞄を抱えて二階の自室に向かった。

ドアを閉めて声にならない大きなため息を漏らし、ベッドに腰かける。

電話をする用事なんてない。

本当はお腹だって空いてる。

美加さんと二人で食卓を囲むのが気まずいだけ——なんて、そんなこと言えないし。《リング・リング・リング》で感じていたはずの楽しい気持ちはもうどこにも残ってなくて、やり場のない感情が行き場を失う。

美加さんは悪くない。

なんて嫌な子なんだって自分でもわかってる。

昔はこんなんじゃなかったのにって思う。けど、あの頃みたいにふる舞うことも、もうできない。

抱えたままの学生鞄からスマホを取り出し、なんの通知もない待受画面をしばし見つめてからベッドに放った。

★☆★

私の本当のお母さんは、私が二歳のときに病気で亡くなった。

だから私には「お母さんの記憶」っていうのがまったくない。お母さんというのは、物心ついたときから四角い写真の中の存在で、そういうものだって幼心《おさなごころ》に諦めてもいた。

けど、少なくとも私には、お父さんと、お母さんの代わりをしてくれるおばあちゃんがいた。私に寂しい思いをさせまいと、いつも必死な二人にないものねだりをしてもしょうがない。私はそれが理解できる、物わかりのいい子どもでもあった。

それに、お父さんは平日は仕事で忙しかったけど、土日になれば色んなところに連れていってくれた。おばあちゃんは厳しかったけど、お料理もお裁縫《さいほう》も上手で、友だちのママより色んなことをたくさん知っていて私の自慢だった。

だから、お母さんがいなくて大変ね、なんて知った顔で同情されるようなことなんて、何一つない――

そう思っていられたのは、小学五年生までだった。

おばあちゃんが亡くなって、我が家の状況は一変した。

仕事も忙しいしお父さんは料理も掃除《そうじ》も大の苦手で、私だって家事はそんなに得意じゃない。おばあちゃんが亡くなったって事実を悲しむ余裕はすぐになくなった。

散らかった家の中。

溜まっていく洗濯物《せんたくもの》。

スーパーのお総菜《そうざい》やインスタント食品ばかりの食事。

学校の宿題や提出物もおざなりになり、先生に何度も注意された。嫌でも「お母さんがいなくて大変ね」を噛《か》みしめるようになってしまった、そんな頃。

我が家に現れたのが美加さんだった。

最初、美加さんは「お父さんの友だち」だと自己紹介した。お父さんとは仕事の関係で知り合ったのだという。

優しいけどビールっ腹で不器用なお父さんに、なんでこんなに細くて美人な若い女の人の友だちがいるんだろうって、不思議に思ったのを今でも覚えている。

「おうちが大変だって聞いたから、お手伝いに来たの」

ある冬の日の土曜日、そう言って美加さんは、たったの一日で荒れ放題だった我が家を、おばあちゃんが生きていた頃か、はたまたそれ以上のピカピカにしてくれた。

そして、おばあちゃんが作りそうにない、チーズが載ったハンバーグの夕ご飯を作ってくれた。

キッチンからおいしそうな匂《にお》いが漂ってくるのは、三人で食卓を囲んで楽しくおしゃべりするのは、おばあちゃんが亡くなって以来のこと。

重たくて埃《ほこり》っぽい空気の漂っていた我が家が、その日を境に明るく蘇った。

以来、美加さんは月に何度かうちに来てくれるようになった。

美加さんは掃除洗濯を手伝ってくれるだけじゃなく、私に色んなことを教えてもくれた。

古い歯ブラシでできる楽ちんお掃除の方法とか、電子レンジでできる簡単レシピとか。

「お掃除も洗濯も、完璧《かんぺき》にやらなくていいんだよ。ササーッて楽に済ませちゃえばいいの。お料理だって、おいしければ手抜きでもいいじゃない」

おばあちゃんがやっていたような完璧な掃除や洗濯、料理ができなくて悩んでいた私の心を、美加さんのその明るい言葉は本当に軽くしてくれたように思う。

それに、学校の宿題やプリントも見てくれて、おかげで先生に怒られることもなくなった。

一方、私は美加さんにクラスで流行《はや》っている文房具のことやビーズアクセサリーの作り方なんかを教えた。すると、次に来るときに美加さんはビーズを買ってきてくれ、二人でお揃《そろ》いのブレスレットを作ったりもした。

お父さんとはできないことが美加さんとはできて、あの頃の私は美加さんが家に来るのが楽しみで、待ち遠しくて仕方なかった。

お母さんがいたら、こんな風だったのかなって。

お父さんと美加さんがただの「友だち」じゃないってことくらい、その頃の私にはとっくにわかってて、だからこそ期待してやまなかった。

美加さんが、「お母さん」になってくれたらいいのになって。

そうしておばあちゃんが亡くなってから一年が経った頃、お父さんと美加さんと三人でレストランで食事をすることになった。

家から車で二十分、外国の建物みたいな白い外壁のおしゃれなイタリアンレストランで、ちょっとよそ行きの格好をしていったのを覚えてる。

お父さんは美加さんに目配せしてから、「凜に大事な話があるんだ」って切り出した。

「お父さん、美加さんと再婚しようと思ってる」

ずっと望んでいた展開に、心の中でくるくる回って飛んで跳ねて手を叩いた。

写真の中のお母さんのことも、私にとってはもちろん大事。

だけどそれと同じくらい、家の中を明るくしてくれた、今目の前にいる美加さんのことも、私にはとっても大事で大切だった。

「凜は賛成してくれる？」

反対する理由なんてない。

言葉にできないくらい嬉しくて黙ってコクコク頷《うなず》くと、美加さんもふんわり笑ってくれた。

「凜ちゃんと家族になれて嬉しい」

家族、って言葉に目の奥がじわりと熱くなる。

私も、美加さんと家族になりたかった。

美加さんのこと、「お母さん」って呼んでみたかった。

言いたいことはたくさんあるのに、胸が詰まって言葉が出てこない。

そんな私に、けど美加さんは気遣うようにつけ加えた。

「私のこと、今までどおり『美加さん』って呼んでくれればいいからね。無理して『お母さん』とか呼ばなくてもいいし」

舞い上がっていた私の心は、その台詞《せりふ》で冷たい水をかけられたように落っこちた。

「ね？」って美加さんに念を押され、私は無言で首を縦にふった。

★☆★

その日は、朝からなんとなく頭がぼうっとしてた。

「凜ちゃん、もしかして具合悪い？」

朝食の席で美加さんに声をかけられ、「え？」と顔を上げる。

「いつもより食べるの遅いし、食欲ないのかなって……」

気まずい朝食の時間はできるだけ短くしたくて、いつもそそくさと食べ終えるようにしていた。けど、確かに今日はなかなか食べ進まず、気がつけば食パン一枚食べるのにも、すごく時間がかかってる。

「なんでもない。ちょっと考えごとしてただけ」

そんな風に素っ気なく答え、また朝から自己嫌悪で埋まっちゃいたくなる。

だから、一緒に食べるのは嫌なんだ。

「そう……何か悩みがあるならいつでも言ってね」

でも、美加さんはいつだってそんな私ににっこり返す。

いっそ苛立《いらだ》った顔でもしてくれればいいのに、それが余計に私の罪悪感を膨《ふく》らませ、イライラの針をも生む。

「前にも言ったけど、今日はちょっと遠出する仕事で帰りが遅くなるから、よろしくね。夕ご飯は冷蔵庫に入れてあるから――」

美加さんの言葉に相槌《あいづち》を打ち、残っていたヨーグルトを胃に流し込むように食べて家を出た。

五月も下旬《げじゅん》、気温は三十度近くまで上がる日も増えてきて、学校の制服も冬服から夏服への移行期間中、半袖《はんそで》でも長袖でもＯＫということになっている。

汗ばむ日も多いしと、私は昨日から半袖シャツにして上からベージュ色のベストを着ていたんだけど。今日はむき出しの腕が冷えてちょっと寒い。まだ長袖でよかったのかも。

そうして学校に着くと、メグも半袖シャツに紺色のベストという格好だった。

「半袖、寒くない？」

「そう？　今日暑いじゃん。じめっとしてるし」

自分の席に着いてから、スマホの通知に気がついて届いたメッセを開く。

『おはようございます、岩倉《いわくら》大悟です。今日の千葉《ちば》市の天気は最低気温が18度、最高気温が28度、降水確率40パーセントでところによりにわか雨が降りそうです。また、湿度も高くじめじめした一日に……』

大悟くんの今日の天気予報に、朝からもやもやしていた心がようやく凪《な》いだ。大悟くんの天気予報を見ても、そんなに気温が低いわけじゃないみたい。

『おはようございます、小森《こもり》凜です。最近雨の日が多いし、もうすぐ梅雨《つゆ》になるのかな。梅雨の時期は髪の毛がまとまらなくなるからちょっと苦手』

そういえば、大悟くんに対抗して電車の運行情報などを送るのはとうにやめていた。それって多分、大悟くんにはまったく意味ないし。

送信ボタンをタップすると、数分も待たずに返信がある。

『中学生の頃に坊主頭《ぼうずあたま》にされたことがある。シャンプーもリンスも不要で手間要らずだからオススメ』

思わず吹いた。なんで私に坊主頭を勧めるんだ。

っていうか、あの目つきで坊主頭とか怖すぎるんじゃ……。

一人で笑ってたらメグに怪訝《けげん》な目で見られてて、たちまち恥ずかしくなった。

「楽しそうだね」

「その、おかしなメッセが来たから……」

メグには大悟くんの誤解は解けたこと、本当は全然怖い人じゃなかったし、今は普通に友だちになったってことも話してある。

「バイトが楽しいならいいけど」

「まぁ。あ、家庭科部もたまに行ってるよ」

祐さんに長年付き合ってるカノジョさんがいるってわかったとき、落ち込んでいた私に「家庭科部が部員募集してるんだけど」って紹介してくれたのはメグだ。生徒会執行部で廃部寸前の家庭科部をどうするか、ちょうど議題に上がっていたのだという。

家庭科部の活動は不定期で、来たいときに来ればいいと先輩に言われたこともあり、正式に入部もした（おかげで廃部は免《まぬか》れたとえらく感謝された）。アルバイトのない放課後は、なんだかんだでちょくちょく顔を出している。

「メグが友だちでよかったよー。柳《やなぎ》くんに嫉妬《しっと》しちゃう」

「じゃ、凜が嫉妬してたって柳に伝えとくわ」

メグはあいかわらずカレシの柳くんとはラブラブらしい。

いいなぁって思うけど、こればっかりは誰でもいいってわけにもいかないし。今は、祐さんのことをバネにステキ女子を目指すとしか言えない。

……家じゃ、ステキ女子とはほど遠いけど。

忘れかけてた自己嫌悪にため息をついてると、うっすら頭痛がした。

そして放課後、今日は金曜日。今週最後の《リング・リング・リング》の勤務日だ。

はり切って働こうって思ってたのに――

「凜ちゃん、熱あるんじゃない？」

《リング・リング・リング》に着いて早々、裏口のドアを開けてくれた輪島さんにそんな風に言われてしまった。

「顔、赤くない？　風邪《かぜ》？」

「そんなこと……咳《せき》も鼻水もないですし」

輪島さんと裏口のところで話していたら、先に来ていた大悟くんが控え室から顔を出した。

「どうかしたんすか？」

「凛ちゃんが熱っぽい気がして」

大悟くんはまじまじと私を見下ろすと、屈んで顔を覗《のぞ》き込んできた。

……近い。

「あの──」

「じっとしてろ」

その大きな左手で頭を押さえられ、思わずぎゅっと目をつむったら。

右手で前髪をかき上げられ、おでこに何かがぶつかった。

「……確かに熱っぽいな」

そっと目を開けると大悟くんの顔がすごく近くにあって硬直した。

おでこで熱を測られてる……。

大悟くんはすぐに離れたけど、余計に顔が熱くなったような。

「輪島さん、体温計、救急箱にありましたっけ？」

大悟くんは輪島さんに訊くと、小走りで体温計を取ってきて差し出してきた。

おでこで測ったならもう十分ではと思いつつ、無駄にドキドキしたまま体温計を腋《わき》の下に挟んで待つこと少々。

三十八度。

だから朝から寒かったのかな。

「熱があるのに学校からここまで歩いてきたのか？」

大悟くんに咎《とが》められるように訊かれ、「だって……」とつい言い訳が口から出てしまう。

「大した距離じゃないし」

「自転車でも五分以上かかるだろ」

あ、大悟くんはチャリ通だから、学校から店までも自転車なのか。

だからいつも店に着くのが早いんだな、なんて考えていたら、輪島さんに体温計を取り上げられた。

「今日はもういいから、家でゆっくり休みなさい」

「でも――」

「店は私と大ちゃんでなんとかなるし」

輪島さんににっこりされてはしょうがない、「すみません」って小さくなって頭を下げる。

風邪なんて滅多《めった》に引かないのに……。

熱がある、って意識したせいかもしれない。急に目眩《めまい》がして、思わず近くの壁に手をついた。

「しんどいのか？」

大悟くんにまたしても顔を覗き込まれ、さっきのおでこを思い出して慌てて首を横にふる。

「ちょっと目眩がしただけ！　大したこと……」

「おうちの人に連絡しようか？」

輪島さんの提案に、咄嗟《とっさ》に「やめてください！」って強く反対した。

「平気です、一人で帰れます」

美加さんは今日は帰りが遅いって言ってた。大事な仕事のはずだ。私なんかのことで邪魔をしたくない。

「でも――」

「もしかして、家に帰っても誰もいないのか？」

今度は大悟くんに訊かれ、私は渋々頷《うなず》いた。

輪島さんと大悟くんは顔を見合わせ、そして輪島さんが私を見た。

「とりあえず、控え室で休んでて。どうにかするから」

ブランケットをかけられて控え室の机に突っ伏し、私は一人、膨れ上がる自己嫌悪と熱でぐるぐるしていた。

輪島さん、やっぱり美加さんに連絡するのかな……。

美加さんならきっと、仕事を放って駆けつけてくれるだろう。毎日毎日、あんなヤな態度の私なのに。

ブランケットの下に潜り込むようにしてますます身体《からだ》を小さくし、うつらうつらし始めていたときだった。

「……凜ちゃん」

誰かに優しく肩を叩かれ、そっと目蓋《まぶた》を開けた。

王子さま——じゃない、祐さんだった。

「なんで……？」

祐さんは、今日はシフトに入ってなかったはず。

「大悟から連絡あって、車で迎えにきたんだ。家まで送るよ」

アルバイトが休みの祐さんにまで迷惑をかけて、もうホントにいっそどこかに封印してもらいたい。

ブランケットをはね除《の》けて起き上がり、「すみません」って頭を下げる。

「あのでも、ちょっと休ませてもらいましたし、うちに帰るくらい――」

「家って、大悟の家だけど」

……は？

「凜ちゃんち、誰もいないんでしょ？　それなら、大悟の家に連れてくかって話になったって聞いたんだけど」

「そ、そんなの聞いてないです！」

眠ってる間によくわからない展開になってる。椅子《いす》から立ち上がった私は足元にあった学生鞄《かばん》を肩にかけ、逃げるように控え室の入口に移動した。

「あの、大丈夫です！　休んだしもう歩けます！　余所《よそ》さまに迷惑かけられません！」

「でも――」

ふいに祐さんが目を丸くして言葉を切った。

どうかしたのかと思った瞬間、足が地面から離れて世界が回った。

「凜、あんまりわがまま言うな」

気がつけば、私の身体は大悟くんの腕と肩の上にあった。身体をくの字の状態にされて担《かつ》ぎ上げられ、私の顔の前にはその広い背中が見えるばかり。

まるで米俵《こめだわら》だ。お姫様抱っこならぬお米さま抱っこ。

あまりのことに手から学生鞄が落ちた。

「車、どこに停めてある?」

「裏口のすぐ近く」

「わかった」

祐さんと短い言葉を交わすなり、大悟くんは私を担ぎ上げたまま店の裏口へと歩きだす。

不安定な姿勢に、思わずその背中にしがみついて声を上げた。

「降ろして!」

「じっとしてろ。車まで運ぶから」

私が落とした学生鞄は祐さんが拾ってくれ、担がれたまま店の外に出た。あまりの恥ずかしさに熱がどんどん上がってく。

……というか。

「スカートめくれちゃう!」

「め、めくれないようにするから暴れるな!」

ようやく地面に降ろしてもらえたと思ったのに、停めてあった車の後部座席に押し込まれた。

「母さんには連絡してある」

大悟くんは祐さんにそう伝え、私には何も言わずに後部座席のドアを閉めた。「了解」と祐さんは応え、問答無用で車を発進させる。

あまりの展開に頭が回らない。放り込まれたまま後部座席で横になっている私に、祐さんは運転しながら声をかけてくる。

「すぐ着くと思うし、寝てていいからね」

「あの……本当に大悟くんの家に行くんですか？」

「そうだよ。まぁ心配は要らないから」

心配というかわけわからないって感想しかないけど、もうどうしようもないので横になったまま目蓋を閉じた。


――頭のてっぺんをつっつかれた。

意識を取り戻しハッとして顔を上げると、二人の天使が私の顔を覗き込んでいた。

「起きたね」

「起きたね」

「生きてたね」

「生きてたね」

天使——もとい、幼稚園生くらいの男の子と女の子が、同じ台詞《せりふ》を言い合って横になった私の顔を見つめている。二人は髪型と服装以外に違いを見出《みいだ》せないくらい、とてもよく似た顔立ちだ。双子かも。ぷにっとしたほっぺたで、とっても愛らしい。

「ほら二人とも、お姉さんビックリしてるだろ」

そう言ったのは祐さんで、かわいらしい二人を抱きかかえるようにしてどけると、私に訊いた。

「起きられる?」

「はい……」

祐さんに手を差し出されて摑《つか》まり、車を降りた。思ったより足がふらついてその腕に支えられ、たちまち胸が痛んだ。

これが一ヶ月前だったなら、触れる腕の逞《たくま》しさに、体温に、舞い上がったに違いない。でも今は、ドキドキしても、ときめいてもしょうがないって諦めでいっぱいだ。私の恋はもう完全に終わったんだなって、熱でぼんやりした頭の片すみで実感させられる。

気がつけば車はどこかの住宅街、二階建ての一軒家の前に停まっていた。「こっちだよ！」と双子たちが私を先導する。

そして、玄関のドアが開くと小柄な中年女性がこっちに駆けてきた。

「あなたが凜ちゃん？」

気がつけば答える元気もなくなっていて、小さく頷いた。

「大悟の母です。いつも大悟と仲よくしてくれてありがとね」

ちゃきちゃきした雰囲気《ふんいき》の、かわいらしい女性だった。この人からどうしたらあんなに大きな子どもが生まれるんだろう。

お母さんは私ににっこり笑うと、祐さんと二、三、言葉を交わして私を受け取った。

「お布団用意してあるから、ゆっくり休んでくれていいからね」

予想外に力強く手を引かれて中に通され、畳《たたみ》の和室に案内された。そしてテキパキと制服からラフなトレーナーとジャージに私を着替えさせ、額に冷却シートを貼ると布団の中に潜り込ませる。

身体は熱くて重たいし、あれこれ考える間もなく眠りに落ちた。

★☆★

ビックリするくらいの音量でお腹が鳴って、目が覚めた。

薄明かりの見慣れない和室。

ここどこだっけ……。

しばらくの間ぼうっとし、お腹空いた、ってポツリと思うやいなや、自分の状況を思い出して布団をはね除け身体を起こした。

電気の消された部屋に、カーテンの隙間《すきま》からまっすぐな日が差している。手探りで学生鞄を見つけ、スマホを取り出して日付を見た瞬間に血の気が失せた。

ひと晩経って、翌土曜日の午前六時。

美加さんからの不在着信があり、メッセも届いていて怖々《こわごわ》内容を確認する。

『岩倉さんのお母さんからお電話をいただきました。明日の午前9時に迎えにいきます』

電話もメッセも昨日の夜八時頃。

結局、心配と迷惑はかけちゃった……。

たちまち気持ちが落っこちて、自分の額に手を当てる。熱は下がったみたいだけど、汗をかいたのか顔も身体もベタついていた。ゆっくりと立ち上がり、和室のふすまを開けて廊下《ろうか》に出てみる。リビングの方から音が聞こえてきたので、そっとドアを開けた。

「あの……」

大きなソファとテレビのあるリビングには、見慣れない半袖《はんそで》Tシャツとジャージ姿の大悟くんがいて、ハッとしてから寝起きのままの髪の毛を両手で押さえた。

「よくなったか？」

こっちにやって来て見下ろしてくる大悟くんから一歩あとずさり、俯《うつむ》いたままコクコク頷く。

すると、キッチンの方から「おはよう！」と高い声が飛んできた。

「凛ちゃん、もう大丈夫？」

大悟くんを押しのけて覗《のぞ》き込んでくるお母さんに頭を下げる。

「ありがとうございました。熱も下がったみたいで……あと、うちにも電話してくださって、本当にすみませんでした」

「お母さん、電話口ですごく心配してらしたわよ。九時ぐらいに迎えにくるって話になってるから」

お母さん、という単語に複雑な気持ちになりつつ、「そうですか」と応えた。

ボサボサした髪に手ぐしを入れていたら、大悟くんのお母さんは「さっさとランニング行ってらっしゃい」と大悟くんを追い出し、そして私に微笑《ほほえ》んだ。

「たくさん汗かいたよね。少し元気になったなら、シャワー浴びる？」

シャワーを使わせてもらい、着替えまで貸してもらってようやくさっぱりした。小柄な大悟くんのお母さんの服は私にサイズがピッタリで、借りたワンピースを着てリビングに顔を出したら「似合ってる！」と手を叩かれた。

「ちょっと前にセールで買ったんだけど、私にはかわいすぎたかなぁって着れてなくて。よく似合ってる！」

大悟くんのお母さんの言葉が、美加さんとの記憶に重なった。

――凜ちゃん、かわいい！　似合ってる！

お父さんとの再婚が正式に決まる少し前のこと。美加さんと二人で、ショッピングセンターに洋服を買いに行ったことがあった。

洋服だけじゃなくて、お父さんと買いに行くには憚《はばか》られる下着屋さんなんかも一緒に見て回って。好きな人とデートするのでもこんなにドキドキしないんじゃないかってくらい胸が鳴った。

楽しくて、嬉しくて、美加さんがお母さんならいいのにって思ってた。

――無理して『お母さん』とか呼ばなくてもいいし。

わかってたはずなのに。美加さんがお母さんじゃないなんてことは。

なのに勝手に期待して、裏切られたような気持ちになって、もう何年もギクシャクしたまま。

客間に戻ってドライヤーで髪を乾かしていたら、ふと視線を感じて入口のふすまをふり返った。

同じ顔をした男の子と女の子が、隙間からじっとこっちを覗いてる。

昨日、ここに着いたときにいた双子だ。

そういえば、初めて大悟くんから送られてきたメッセに、双子の弟妹がいるって書いてあったような……。

ドライヤーのスイッチを切って、私はそっちを向いた。

「おはよう。昨日からその、おじゃましてます」

そっと声をかけると、二人はさっと顔を引っ込めたものの、また揃《そろ》って顔を出した。

「もう元気なの?」

ポニーテールの女の子に訊かれて、「もう元気」って答えた。

すると、二人はふすまをパンッと音を立てて開け、飛びつくようにこっちに駆けてくる。

「あたし、ミオっていうの」

「俺はマオ」

「ねぇねぇ、にーちゃんの友だちってホント？」

二組の丸い目に見つめられ、「ホントだよ」って返した。

二人はぱぁっと目を輝かせ、マオくんが身を乗り出してさらに訊いてくる。

「にーちゃん、学校でも強い？」

「え……うん、多分」

最近はすっかり忘れてたけど、上級生をボコボコにしたとか、暴走族を壊滅させたなんて噂《うわさ》があるんだった。おっかない見た目が悪評を呼んでいるに違いないとは思いつつ、私を軽々担《かつ》ぎ上げちゃうくらいだし、強そうではある。

ホントのところはどうなのかなぁと考えていたら、双子はにんまりして顔を見合わせた。

「にーちゃんすごいね」

「にーちゃんすごいね」

ニコニコしながら手を叩き合っている。よくわからないけど、二人が大悟くんのことを大好きなのは伝わってくる。

「お兄ちゃん、すごいんだね」

そう褒めると、双子たちは立ち上がり、私の右手と左手をそれぞれ取った。

「「にーちゃんのすごいの見せたげる！」」

声を揃え、二人はすごい力で私を客間の外に連れ出した。

ドタドタと階段を駆けるように上り、何度かつんのめりながら二人に連れていかれたのは、大悟くんのものと思《おぼ》しき部屋だった。

飾り気のない殺風景《さっぷうけい》な部屋――かと思いきや、机の上には辞書類に紛《まぎ》れてチョコレートやキャンディの袋が山積みにされている。

虫歯にならないのかな……。

大悟くんはまだランニングから戻っていないらしい。勝手に部屋を見ちゃっていいのかドギマギしていたら、ドアのすぐそばにある背の低い棚《たな》を双子は指さした。

賞状やメダルが飾られていた。それも、一つや二つじゃない。

一歩近づいて賞状を見ると、中学のバスケの大会のものだとわかった。

それからすぐそばにある写真立てに目を移す。二列に並んで写っている男子たちは、お揃いの白いユニフォーム姿。バスケのチームメンバーのようで、首には金色のメダルを提げている。

あ、とつい小さく声を上げてしまう。後ろの列に大悟くんを見つけた。

当時から頭一つ飛び抜けて背が高かったみたいだけど、短髪で顔回りがすっきりしていて、その顔は今より少し幼い印象だ。目尻の上がった目元は変わらずとはいえ、清々しいまでに全力の笑顔。

「大悟くん、バスケやってたんだ……」

友だち、ということになってはいるけど、実のところ私は大悟くんのことなんて何も知らないに等しい。学校でしゃべることもないし。

高校でもバスケ部に入ってるのかなって思ったけど、すぐに考えを打ち消す。運動部に入りながら、週に三日以上のアルバイトは多分無理だ。

「でもケガしてやめちゃった」

「やめちゃった」

二人の言葉に目を丸くして見返した。

「強かったのに」

「強かったのに」

残念そうな顔で二人はくり返す。

バスケをやっていてとても強かったけど、怪我《けが》でやめてしまった、ってことなのかな。

なんて返したらいいのか、わからずにいると。

「何やってんだ？」

いつの間に帰ってきたのか、Ｔシャツ姿で首からタオルを提げた大悟くんが、私たちを背後から見下ろしていた。

さっきまでの残念そうな顔はどこへやら、双子は歓声を上げて大悟くんにまとわりつく。マオくんは抱きつくようにその背中に飛びつき、一方ミオちゃんは大悟くんに肩の上に軽々と担ぎ上げられた。二人はキャッキャと声を上げて足をバタつかせている。

……昨日の私も、そういえばあんな風に担がれていたような。

「悪い。二人が迷惑かけなかったか？」

「迷惑なんてないけど……勝手に部屋、見ちゃってごめん」

「見たって面白いものなんかないだろ。——母さんが、朝ご飯の用意ができたって」

大悟くんは本当に気にした様子もなく、二人を床に下ろして急《せ》き立てつつ階段を降りていった。


岩倉家の食卓はとにかくにぎやかだった。

ミオちゃんとマオくんはひと口食べては走り回り、お母さんの声がそれを追いかける。少々ぽっちゃりした、身体《からだ》の大きなお父さんは演説するような大きな声でしゃべり、大悟くんはというとイチゴジャムをこぼれそうなくらいに塗りたくった食パンを黙々とかじっている。

カオスだ……。

お腹が空いていたのも忘れて呆然《ぼうぜん》としていると、大悟くんが声をかけてきた。

「凜、うるさいのは気にせず食べろよ」

そう言う大悟くんも声をはり気味だ。大悟くんの声が何かと大きくなりがちなのは、こんな家庭環境のせいもあるのかもしれない。

「凜ちゃん、ごめんねー、うるさくて！」

お母さんも、数メートル離れた場所にいるかのようなボリュームで声をかけてくる。

「に、にぎやかでいいと思います！」

私もいつもより大きな声で応える。

「凜さんは、大悟とはどういうお友だちなんだい？」

と、よく響く声で今度はお父さんに訊かれた。

どういう、と言われても。

「バイトの友だち……？」

すると、お母さんがこっちに身を乗り出した。

「ねぇねぇ、大悟はちゃんと接客できてるの？　私たちには、『絶対に店に来るな』なんて言うんだから！　反抗期かしら！」

「余計なこと訊くな！」

「いいじゃない！　――この子ってば、こんな人相で愛想もないでしょ？　生意気だって喧嘩《けんか》ふっかけられたりすることも多いし心配で！」

「いいじゃないか、喧嘩の一つや二つ！」

「もう、お父さんは黙ってて！」

お母さんがそう叫んだ直後、双子たちが声を揃えて「「黙ってて！」」なんて真似《まね》するものだから、つい声を出して笑ってしまう。

こんなににぎやかな食卓は初めてだ。

朝食の片づけを手伝い、荷物の置いてある客間で布団を畳《たた》んでいたら大悟くんがやって来た。

「うるさくて悪かったな。風邪《かぜ》、悪くなってないか？」

「もうすっかり平気。風邪薬も飲んだし」

「そうか……」

大悟くんは少し迷った素ぶりをしたものの、客間の入口にストンと座ってあぐらをかいて。

「なんとなく、元気がなく見える」

急にそんなことを言ってきた。

「昨日、あんなに熱があったんだし、具合が悪いなら無理しなくていいぞ。布団とか、俺が片づける。凜の母さんが迎えにくるまでゆっくりしてろ」

にぎやかでうるさいけど。この家の人たちはみんな本当に優しくて。

つい、言わなくてもいいひと言が漏《も》れた。

「お母さんじゃない」

「え？」

「迎えにくるの、『お母さん』じゃない……」

大悟くんがたちまち困惑した顔になってしまい、私は「ごめん」って笑って謝った。

「気にしないで」

「お姉さんか何かなのか？　あ、それとも叔母《おば》さんとかか？」

数秒前の自分を呪う。中途半端なことを言ってごまかしても、大悟くんが混乱するだけだろう。

「美加さん、お父さんの再婚相手なの」

「そう、なのか」

大悟くんはポツリと応え、けど空気を読まず訊いてくる。

「仲、悪いのか？　その……美加さんだったか。うちの母さんが電話したら、すごく心配して、昨日、夜遅くに凜の顔見に来たぞ」

「え、そうなの？」

聞いてないって思った瞬間、大悟くんはしまったって顔になった。

「言うなって言われてたんだった……」

私が気にしないように、美加さんが頼んだのかもしれない。

あまりにいたたまれなくて、両手で膝を抱えた。

「……美加さんはいい人だよ」

優しくて明るくて、気も利《き》いて家事もできて料理もうまくて。

「私がヤな子なだけ」

心配そうに私をじっと見ている大悟くんに、これまで祐さんにしか話してなかった家のことをポツポツと話した。

お父さんと再婚してくれて、とっても嬉しかったこと。

お父さんのアメリカへの赴任《ふにん》が決まったとき、私と一緒に日本に残ると言ってくれて感謝してること。

それなのに、ヤな態度ばかり取ってしまうこと。

「美加さん、ホントはお父さんと一緒にアメリカに行きたかったと思うんだよね」

でも私のわがままに付き合わせちゃって、後ろめたくてしょうがない。

話すだけ話して、抱えた膝の上に顔を伏せると。

「美加さんに、アメリカに行きたかったたって言われたのか？」

思わぬことを訊かれて顔を上げた。

「そうじゃないけど……」

「じゃあ、凜が勝手にそう思って、悪いと思ってるってことなんだな」

「勝手にって……そんなのそうに決まってるじゃん！　私がわがまま言ったから美加さんは――」

「凜は美加さんが好きなんだな」

私の話なんて聞かず、大悟くんは一人納得したようにうんうんと頷《うなず》く。

「美加さんが好きだから、悪いと思ってるんだろ」

「それは――」

「凜は、美加さんに嫌われたくないんだな」

……何も知らないくせに。

さも当然のように断定されて、腹が立ちそうになるのに。

言葉にされたそれは、全部が全部、図星だった。

小学生の頃から、私はずっと、美加さんが好きなのだ。

「お母さん」って呼ばなくていいって言われて、拒絶されたみたいに感じて。

それでもずっと、美加さんが好きだったのに。

私の好きばかりが大きくて、重たく思われるのが嫌で、素っ気ない態度を取ってばかりいたら、いつの間にかどう接していいのかわからなくなっちゃってた。

黙った私に、大悟くんはさも不思議そうに言ってくる。

「俺、昨日美加さん見たけど。美加さんも凜と同じに見えたぞ」

「同じって?」

「凜に嫌われたくないんだろ、美加さんも」

そのとき、家中にインターフォンのチャイムが鳴り響いた。

スマホの時計を見る。美加さんが迎えにくると予告していた、午前九時きっかりだった。

岩倉家のにぎやかな面々に見送られ、私は美加さんの運転する車で近所の内科に向かうことになった。

「……熱、もうホントに大丈夫？」

運転しながら、美加さんは何度もチラチラと助手席の私を見て訊いてくる。

「病院、すぐに診《み》てもらえるといいけど……」

「昨日、寝てる間に汗かいたおかげで下がったよ。病院なんていいのに」

「ダメだよ、念のため行っとかなきゃ」

会話が途切れると、すぐに重たい沈黙が車内に落ちる。岩倉家を出てから、もう何度目かわからない。

「――凜ちゃん、ごめんね。仕事なんて気にしないで連絡くれればよかったのに」

「もう謝るの三回目だよ」

ついため息交じりにそう返すと、美加さんは黙り込んで、また沈黙。

こんな空気にしたいわけじゃないのに。

どうしていつもこうなんだろう。こんな態度しか取れないんだろう。

本当はそうしたいわけじゃないのに。

――凜は美加さんが好きなんだな。

大悟くんに言われた言葉が蘇《よみがえ》る。

言われなくたって、自分のことくらいわかってる。

わかってるのに、何もできなかった。

「……昨日の夜、さ。見に来てくれたって、ホント？」

勇気を出してそっと訊くと、美加さんは前を向いたまま目を見開いた。

「聞いちゃったの？　言わないでって言ったのにー」

「わざわざ来なくてよかったのに」

「だって、凜ちゃんの顔見ないと心配で……」

訊かなくたってわかってた。

美加さんは、いつだって私のことを見ててくれる。

どうにかしたいなら、私が変わるしかない。

気持ちを前に向ける。

変わりたい。

変えたい。

それからちゃんと、美加さんの気持ちを訊きたい。

静かに深呼吸して、両手を膝の上で握りしめた。

「色々、ごめんなさい！」

私は運転席に向かって勢いよく頭を下げた。

美加さんは、「どうしたの？」って目を丸くする。

「風邪はしょうがないし、凛ちゃんが謝るようなこと――」

「いつもヤな態度取ってごめん。日本に残りたいって言ってごめん！」

美加さんは小さく息を呑《の》むと、困惑したように視線をさまよわせてから、国道から脇道に入ってコンビニのパーキングに車を停め、助手席の私の方に向いた。

「凛ちゃん、もしかして、今までずっとそのこと気にしてたの？」

気遣うような顔で訊かれ、小さく頷いた。

「私がわがまま言ったから……」

ずっと抱えていた後ろめたさと自己嫌悪が膨《ふく》れ上がって、下がったはずの熱が上がるように背中から後頭部にかけて熱くなる。

わがまま言って、そのうえ、優しい美加さんを突っぱね続けた。

嫌われて愛想を尽かされてもしょうがないって思いながら、それでも美加さんなら優しくしてくれるだろうって甘えもあった。

ホント、どうしようもない。

「ごめん……」

謝っても謝っても足りない。許してもらえる気もしなくて顔を伏せる。

なのに、美加さんは優しい口調でゆっくりと話し始めた。

「日本に残るのは、私が決めたことなんだよ」

その言葉に目を上げた。

「お父さんがいないのは確かに寂しいけど、そんなの数年のことじゃない。それより、凛ちゃんの気持ちとか進路のこととか、そういうの優先したいって、私が思ったの。凛ちゃんにとってのこの数年はすごく大事な数年だって、私が思ったんだよ」

美加さんは「私が」を強調してきっぱりと言い切り、まっすぐに私の目を見てくる。

「だから、凛ちゃんが謝ることなんてないんだよ」

優しく頭を撫《な》でられ、いつの間にか両目いっぱいに浮かんでいた涙があふれ落ち、洟《はな》をすすって手の甲で涙を拭《ぬぐ》う。

ずっと言えなかったことも、今なら口にできる気がした。

「美加さん、」

「何?」

「時々でいいから……『お母さん』って呼んでもいい?」

そう言うやいなや。

今度は私を見る美加さんの両目から大粒の涙がポロッと落ちた。

突然のことに私の涙は引っ込み、たちまち後悔《こうかい》でいっぱいになる。

やっぱりこんなこと言うんじゃなかった……。

美加さんはとうとう両手で顔を覆《おお》ってしまい、私は慌てて謝った。

「ごめんなさい、変なこと言って――」

「ありがとう」

小さく返ってきた声は震えてた。

予想外の言葉に私が固まっていると、嗚咽《おえつ》交じりの言葉が続く。

「私……昔、病気してね。子どもが産めないの。だから凜ちゃんと家族になれて、それだけでもすごく、すごく嬉しかったから……」

家を出る直前にした、大悟くんとの会話を思い出す。

――凜に嫌われたくないんだろ、美加さんも。

大悟くんの言うとおりだった。

どうしてもっと早く、こういう話ができなかったんだろう。

ちょっとの勇気で十分だったのに。

「私も、美加さんがうちに来てくれて、すごく、すごく嬉しかったんだよ」

美加さんは――お母さんは何度も頷き、そして私を抱きしめた。

★☆★

週が明け、風邪《かぜ》もすっかり治って《リング・リング・リング》に顔を出した。

「この間はすみませんでした！」

全力で頭を下げると、輪島さんは「人間なら誰だって風邪くらい引くし」とカラっと笑って許してくれた。

「でも、もう無理はしないこと。ちょっとでも調子が悪かったら、早めに対処すること」

「はい。美加さん――母にも、同じこと言われました」

そして控え室に向かうと、例のごとくで着替え中の大悟くんがいた。

もぞもぞしているカーテンに向かって、「この間はありがとう！」って声をかける。

「もう元気か？」

いつものように、カーテンの隙間《すきま》から顔を出した大悟くんに頷く。

「うん。――あのね、あのあと、美加さんともちゃんと話した。大悟くんの言うとおりだったよ」

「そうか」

大悟くんは歯を見せてニカッと笑うと、カーテンの向こうに再び頭を引っ込める。

「大悟くんのお母さんに借りたワンピース、洗濯《せんたく》して持ってきたの。本当にお世話になりましたって、返しておいてもらえないかな?」

するとカーテンの向こうから返事があった。

「それ、母さんが凜にやるって言ってた。どうせ着られないしって」

「え、そうなの?」

持ってきた紙袋を見つめる。くれると言っているものを無理矢理突っ返すのも気が引けるし、それならありがたくもらっておいた方がいいのかな。

大悟くんの家、にぎやかでカオスだったけど、ホントに素敵だった。お母さんも、お父さんも、双子の弟妹たちも、みんな明るくて、元気で素直で。

——凜に嫌われたくないんだろ、美加さんも。

大悟くんが当然のような顔であんな風に言ってくれたのも、あの家で育ったからなんだろうなって、なんか納得。

怖い人どころかなんだか人とズレてるし、でも実はすごくまっすぐに人のことを見ていたりもする。

よくわからないというか面白いというか、不思議な人だ、大悟くんは。

「美加さんがね、この間のことも含めてお礼がしたいって言ってるの。みんなが好きな食べものとか、お菓子とかある？」

カーテンが開き、着替え終わった大悟くんが現れた。

「凜が作ったクッキー」

迷いなく断言する大悟くんに思わず笑う。

「クッキーなら、また家庭科部で作ってあげるよ」

「ホントに？」

大悟くんの口元には楽しげな笑みが浮かんだままで、「ご機嫌だね」って言うと大きく頷《うなず》かれた。

「凜が元気になったからな。友だちの元気がないのは気になるだろ」

大げさだなぁと思いつつ、「ありがとう」って笑顔で返した——けど。

「友だち」って単語が、ほんのちょびっと、胸の奥で引っかかる。

けど輪郭《りんかく》のはっきりしない感情の正体はわからず、先週の分までがんばって働こうって気合いを入れた私は、その存在もすぐに忘れた。

Ⅳ

友だち大作戦

六月になり、今にも雨が降りそうなじとっとした空気の、ある日の昼休みのこと。

お弁当を食べ終わって少ししてから、メグに拝まれた。

「凜《りん》に頼みごとしてもいい？」

メグは《生徒会執行部》というシールの貼ってあるファイルを私に差し出してくる。

「このファイル、柳《やなぎ》に渡しておいてもらいたいんだ」

柳っていうのは、隣のクラスのメグのカレシ。メグと同じ生徒会執行部に所属してる。

「自分で行けばいいじゃん」

「さっき三組に行ったんだけどいなくてさ。それで私、ちょっと先生に呼ばれてて」

メグはチラと時計を見て、「じゃあよろしく！」と教室を飛び出した。

しょうがない、と私は席を立つ。お遣いくらいしてあげよう。それに、柳くんともちょっとしゃべってみたかったし。

昼休みの校舎はあちこちでおしゃべりの花が咲いていて、教室も廊下《ろうか》もにぎやかだ。

三組って、そういえば大悟《だいご》くんのクラスでもあるんだよね……。

毎朝メッセのやり取りをしてるし、週に何日かは《リング・リング・リング》で顔を合わせてるけど、いまだに学校で大悟くんと話したことはない。背が高いし目立つから、たまに離れたところから見かけて大きいなぁって思うくらい。

三組の教室を覗《のぞ》くと、窓際の角の席に座ってる大悟くんはすぐに見つけられた。

やっぱり目立つ……。

大悟くんは背を丸め気味にして机に頬《ほお》づえをつき、何かの本を読んでいる。

そして、その席を中心とした半径数メートルには、まったく人がいなかった。

にぎやかな教室の中で、大悟くんの周りだけが遠目にもわかるくらいに静かだ。

ぼうっとそれを見ていたら、ふいに「誰かに用？」と背後から男子生徒に声をかけられた。

教室の入口を塞《ふさ》いじゃってることに気がつき、「すみません」って謝ってから、目の前にいる端整な顔立ちの痩身《そうしん》のメガネ男子に気がつく。

「あの、柳くんですか？」

「そうだけど……」

黒いセルフレームのメガネの奥から、切れ長の目で観察するように見られ、けどすぐにその表情は明るくなった。

「メグの友だちの……小森《こもり》さん？」

頷いた。メグが私のことを柳くんに話してくれてるんだってわかり、ちょっとこそばゆい。

「あの、メグからこのファイル、渡してほしいって頼まれたんです」

ファイルを両手で差し出すと、「ありがとう」って柳くんは爽《さわ》やかな笑みを浮かべ、受け取ってくれた。

柳くんはすらっとしたイケメンで、おまけにメグいわく文武両道でもあるという。メグもサバサバ系のカッコかわいい子ではあるけど、やるなぁ、なんておばちゃんみたいな感想が漏《も》れそうになる。

一方、私は教室の中が気になって仕方なく、チラチラ視線を送るも大悟くんはまったく気づかない。

話しかけてみるべきか、でもそれもなぁ……。

そんな風に内心迷っていると、柳くんに不思議そうに見られてしまった。私は柳くんに小さく頭を下げ、結局大悟くんに話しかけることはせず自分の教室に戻る。

柳くんとしゃべるという目的は達成できたものの、テンションはむしろ教室を出る前よりも下がってしまった。

大悟くん、いまだにみんなに怖がられてるのかも。

実は少し前、私は大悟くんにまつわるもろもろの噂《うわさ》の真偽を本人に確認していた。

「『先輩二人をボコボコにした』ってホント?」

そう訊くと大悟くんは本気でわからない顔をして、もしかしたら、と四月、入学式の直後のことを話してくれた。

大悟くんの身長を見てバレー部の先輩が執拗《しつよう》な勧誘をしてきたそうで、後ろから二人がかりで羽交《はが》い締《じ》めにされたのだという。で、それをふり払ったところ、予想外に吹っ飛んでしまったということらしい。

まぁ、大悟くんもまさか吹っ飛ぶとは思ってなかったみたいだし、話を聞いた限りバレー部の先輩もかなりしつこかったみたいだし、もちろん喧嘩《けんか》でもなんでもないし。これは正当防衛みたいなものだと思う。

それから、メグに聞いた噂も訊いてみた。

「『二人で暴走族を壊滅させた』ってホント？」

すると、「暴走族ってどこにいるんだ？」って逆に訊かれちゃって、そうだよねって感想しかない。私も漫画とかでしか見たことないし。

ほかにも大悟くんにまつわる物騒な噂はいくつかあったけど、そのどれもが勘違いとか、なんでもない話が著《いちじる》しく脚色されたもの、って感じなのがわかっていって。

人の噂とか勝手なイメージって、本当に怖いなと思った。

大悟くんは背が高くて身体《からだ》も大きい上に、とんでもなく目つきが悪くて無愛想。確かにパッと見は怖い、かもしれない。

でもその実態は、ただの不器用で甘いもの好きな男の子だ。そして、家では弟妹に好かれる優しいお兄ちゃんでもある。

なのに、みんなそれを〝知らない〟のだ。

〝知らない〟って本当に怖い。

私も大悟くんのことを知らなかった頃はみんなと同じ、噂を聞いて見た目で判断して、勝手なイメージで怖い人だと思ってた。そんなイメージばかりがみんなの中に広がって、大悟くんを一人ぼっちにする。

そのことがとっても怖くて悲しくて、そして何より大悟くんに後ろめたい。

私も大悟くんを一人ぼっちにする、みんなのうちの一人だったんだなって。

もし〝知らない〟ままだったら、私も悪気なく悪いイメージを拡散するのにひと役買っちゃってたのかもしれない。

でも私は知ることができたし、そんな大悟くんのおかげで、美加《みか》さんとちゃんと話そうって、素直になろうって思うこともできた。

私にもできることはないのかな。

昼休みの終わりを告げるチャイムが響き、生徒たちが教室に戻ってくる。

　用事を済ませたメグも戻ってきたので、「柳くんにファイル渡したよ」って報告しておく。

「ありがと！　ま、凜も何かあったら私に頼んでよ」

　なんてメグが言ってくれるので、そうだ！　って閃《ひらめ》いた。

「私、柳くんと話がしたい」

　するとメグはたちまち怪訝《けげん》な顔になってしまった。どうしたのかなって考えてから思い当たり、「変な意味じゃないから！」って慌てて補足する。

「ちょっと柳くんに相談したいことがあるの。メグにも一緒に話、聞いてもらいたいんだけど……」

「そういうことならいいよ」

　たちまちにっこり笑んだメグに内心ホッとした。

　メグと柳くんがラブラブなのは結構有名だし、私がメグのライバルになんてなるわけないのに。あんなにカッコいいカレシだと気が気じゃないのかも？

　付き合うっていうのも大変だなー、なんて感心しつつ、五時間目の英語のテキストを机の上に出した。

こうしてアルバイトもなかったその日の放課後、メグは早速私のお願いを聞いてくれた。

メグと柳くんと三人で、千葉《ちば》駅近くのファミレスに入る。

ドリンクバーで各々《おのおの》の飲みものを調達し、ようやくひと心地つく。四人がけのテーブル席で、メグと柳くんが並んで座り、その向かいに私が座った。これから二人と面接でもするみたいだ。

柳くんが涼しい顔でテーブルに置いたグラスを見て、私は思わず尋ねた。

「その飲みもの何？」

グラスは濁《にご》った薄茶色の液体で満たされており、しかもぶくぶくと泡《あわ》が出ている。

「コーヒーメロンソーダイチゴミルク」

なんでその三つを混ぜたんだって突っ込む前に、「気にしたら負けだよ」ってメグにアドバイスされる。

「柳は舌が壊れてるの」

「凡人《ぼんじん》にはこの絶妙な組み合わせがわからないんだ」

柳くんはフンと鼻で笑うと、躊躇《ちゅうちょ》なくグラスにストローを挿して口にした。

……それにしても。

「柳くん、なんかイメージ違ったかも」

昼休みに話したときは、すごく爽やかで物腰柔らかって印象だったのに。今はどっちかっていうとエラそうだし、ちょっと毒舌《どくぜつ》って感じ。

すると、「柳は外面《そとづら》がいい腹黒なんだよね」とメグが説明してくれた。

「処世術《しょせいじゅつ》と呼べ。キャラ設定一つで学校生活を円滑に送れるなら問題ないだろ」

なるほど、と私はシンプルな甘いイチゴミルクを飲みながら感心する。

でも、外面ってことは。

「私に素を見せちゃっていいの？」

そう質問すると、柳くんは笑みを浮かべて答えた。

「小森さんは、メグが特に親しい友だちの一人だ。それなら僕も信用する」

思いがけず胸キュンした。

それってつまり、メグのこと、ものすっごく信用してるってことだよね？

うわーって声を上げてジタバタしたい。

私の方がキュン死する！

「その百面相を見てるのも面白いけど、このあと予備校があってあんまり時間がないんだ。相談って？」

考えていることが全部顔に出てたらしい。たちまち頬が熱くなり、私は身体を小さくして話しだした。

「柳くんの反対で、キャラ設定一つで学校生活を円滑に送れなくなってる人がいるんだけど……」

アルバイトつながりで大悟くんと友だちになったこと。

怖い外見と物騒な噂のせいで、大悟くんが学校で浮いてるのが気になってること。

私の話を聞くと、柳くんは「岩倉《いわくら》のことか」と呟《つぶや》いた。

「あいつのことは、僕も気になってた」

「ホント？」

そういえば、柳くんって三組のクラス委員長もやってるんだっけ。

裏では毒舌な腹黒だけど、メグが好きなだけあって、やっぱりいい人なんだなって思ってたら。

「あいつがあんなだから、うちのクラスは何かと大変なんだ」

思ってたのとはちょっと違った。

「席替えだの班決めだの委員会決めだの、あいつのせいでいつも空気が悪くなるんだよ。一人にするわけにもいかないし、あいつをどこに入れるかでいつも揉《も》める」

「そ……そんな言い方しなくたっていいのに！　ちょっとヒドくない？」

「ヒドくたってそれがうちのクラスの現状だ。それには僕もほとほと困り果ててる。で、小森さんはそれをどうにかしたいんだろ？」

カッとして頭に血が上りかけたものの、ここは堪《こら》えて頷《うなず》いた。

「大悟くん、ホントは怖くないし優しいんだよ」

「まぁ正直なところ、僕はあいつが怖かろうが優しかろうがどうでもいい」

いったん下がりかけた血がまた頭に上りかけ、そんな私に「ごめんねぇ」ってメグはため息をつく。

「柳って、外面モード外すと無神経の塊《かたまり》だから」

「正直者だと言ってほしいね。——ともかく。僕は岩倉が実際のところどんな性格かなんてことには興味がない。けど、あいつの存在でクラスの運営が何かとうまくいかなくなってることには辟易《へきえき》してる。つまり、小森さんとは利害の一致を見た」

……なんか、気持ち的にはすごく納得いかないけど。

「協力してくれるってこと？　クラスのみんなに、大悟くんはホントは怖くないんだよって話してくれる？」

「そんなことしたってなんの意味もないだろ」

さっきはキュン死しかけたのに、今は目の前の柳くんにムカっ腹が立って仕方ない。

「そういうのは、本人の行動や言動で示さないと説得力がない」

「それは……そうかもしれないけど」

私だってそう。大悟くんと話したり一緒に働いたりしてなかったら、きっとわからないままだった。

「一番の問題は、あいつがそれを積極的にしようとしないってことなんだよ」

「で、でも！　大悟くんがそれをやるより先に、みんなが怖がって逃げちゃうんだよ」

「みんなが怖がらないような見た目にするとか、あいつにもできることはあるだろ。あの髪型はなんだ？　オオカミ男か何かかよ」

何もかもがごもっともすぎてもう何も言えない。

私は黙ってテーブルに突っ伏した。

「もう、あんまり凛のことといじめないでよ」

よしよしと頭を撫《な》でてくれるメグの手を取った。

「メグ、絶対騙《だま》されてるよ！　こんな腹黒男とは別れた方がいい！」

「うーん、でも私、柳のこういうとこ好きなんだよね ー」

「だそうだ。残念だったな、ハムスター女」

「ハムスター!?」

「小さくてキーキーうるさいって意味だ」

「説明されなくてもなんとなくわかったし！」

メグも柳くんもケラケラ笑ってて、なんかもう怒る気も失せた。

知ってはいたけど改めて実感した。この二人はむちゃくちゃお似合いでラブラブだ。

「……相談相手、間違えた」

私がむくれて呟くと、柳くんは指先で目元を拭《ぬぐ》ってから「そうか？」とこっちを見る。涙が滲《にじ》むまで笑ったのか。

「さっき言っただろ。『利害の一致を見た』って」

「でも、柳くんは大悟くんの努力が足りないって意見なんでしょ？」

「あぁ。だが、そういうことができない朴念仁《ぼくねんじん》なんだろ、あいつは」

「ぼくねん……？」

「ハムスター女には難しかったか。無口でそういうのが苦手なヤツってことだ。岩倉、人と話すの苦手だろ？」

「うん。バイトでもまだ接客に苦戦してる」

大悟くんがアルバイトを始めてもうすぐ二ヶ月。噛《か》まずに接客できるようになったりと進歩は見られるものの、作り笑顔が怖すぎる問題はいまだに解決していない。

普段おしゃべりしているときみたいに普通に笑えばいいのに、なんであんなに凶悪な笑顔を作っちゃうんだろう。

「バイトって、もしかして西千葉《にしちば》駅近くのカフェか？」

「そう！　ドーナツ屋さんの《リング・リング・リング》。知ってるの？」

「ちょっと前に、岩倉がカフェでキレて子どもを泣かせたって噂《うわさ》を聞いたぞ」

噂の元凶に心当たりがありすぎて頭を抱えるしかない。

「そんなヤツが、いきなり大人数のクラスメイトと仲よくなんてなれるわけがない。だから、」

「だから？」

「少人数で遊びにでも行けばいいいんじゃないか？」

これまでの意地悪な発言はなんだったのかと思うくらい、現実的で軽い提案だった。

★☆★

柳くんたちとファミレスに行った翌週の土曜日。

私は昼過ぎに自宅近くの駅から千葉都市モノレールに乗ってＪＲに乗り換え、海浜幕張《かいひんまくはり》駅を目指した。高校も徒歩通学で普段あまり電車に乗らないし、それだけでお出かけ気分が高まってく。

すべては、柳くんの立てた計画を遂行《すいこう》するため。

待ち合わせ時刻よりも少し早く駅に着いてひと息つく。

そういえば、こんな風に待ち合わせして学校やアルバイト以外で大悟くんと会うのは初めてかも。

ちょっと落ち着かない気持ちになりつつも、改札を抜けて待つこと五分。

約束の時間になったけど、今日の主役は現れない。

まさか迷子？　それともまた子どもを泣かせちゃってトラブってるとか？　なんて不安になりつつメッセを送ろうとしたら。

駅構内のすみっこ、柱の陰になってるところに立っている大悟くんを見つけた。

「なんでこんなところに……」

「目立つところに立ってるだけで、人に迷惑かけることがあるだろ」

そんなバカなって思うけど、子どもに泣かれたとか避けられたとか、そんな経験があるのかも。

柳くんは大悟くんの努力が足りないって意見だったけど、それにしたって、ってやっぱり思う。大悟くんのこの育ち切った卑屈《ひくつ》さを責めることなんて、一体誰にできよう。

「見つからない方が迷惑だったよ」

そう笑って、ついまじまじと大悟くんの格好を見る。

ダボついた黒いTシャツにダメージジーンズ。特別派手でも地味でもない格好だけど、やっぱり迫力は十分って感じ。

「……なんか変か？」

「ううん。私服だなって」

「凜も私服だな」

大悟くんは前髪の奥から私を見下ろした。

青いロングスカートに白のサマーニットと、キメすぎない格好にしてきたつもりだったんだけど……。

「もしかして変？」

なんて大悟くんと同じようなことを、つい訊いてしまったところ。

「凜は何着ててもかわいいぞ」

「へ？」

突然の言葉に顔が赤くなった私になんて気づかず、大悟くんはそわそわとスマホを見る。

「予約の時間まで、あと十五分か」

動揺《どうよう》を隠し、「そうだね」って応えた。

「ホテルのケーキバイキングなんて初めてで、楽しみすぎて昼飯抜いてきた」

そして大悟くんはウキウキした様子で歩きだし、私は熱くなったほっぺたを押さえつつそれを追いかけた。

……さっきのあれ、絶対、何も考えてないよね。

どうせ双子の弟妹たちに対する「かわいい」と同じ感覚で言ってるんだろうけど。それがお世辞《せじ》でもなんでもなく、素直さゆえの言葉だっていうのもわかるわけで。

まったくもって、反応に困る。

大悟くんを「ケーキバイキングに一緒に行かない？」って誘ったのは、先週のアルバイト中のことだ。

友だちに話を聞いて前から行ってみたかった、甘党の大悟くんならどうかと思った、って柳くんが考えてくれたとおりの説明をした。

まるでデートのお誘いみたいだし怪しまれないかなって不安だったけど、一も二もなく返事はＯＫ——かと思いきや。

——ものすごく行きたいけど、凛は俺なんかと一緒でいいのか？

大好物のケーキとはいえ、ここでも大悟くんの自己評価の低さが露呈され、「大悟くんが来てくれないと困るから！」とゴリ押ししてようやく了承させた。

こうして大悟くんと共に海のそばの高層ホテルに到着した。大きくてとってもおしゃれ。私みたいなちんまい高校生が気軽に入っていいのかなって、ちょっとドキドキしつつ正面の入口から中に入る。

天井が高くカーペットの敷き詰められたロビーを抜け、大人な雰囲気《ふんいき》のラウンジに到着すると。

「凛ー」

手をふるメグを見つけた。七分丈《しちぶたけ》のシャツにショートパンツという格好だ。

メグのそばには襟《えり》つきシャツの柳くん、それと男子と女子が一人ずつ。

私はメグに手をふり返し、そしてポカンとして足を止めた大悟くんの腕を引っぱった。

「ほら、予約時間になっちゃうよ！」

「でも——」

「大丈夫だから！」

柳くんの提案はシンプルで軽かったものの、計算し尽くされている。

コーヒーメロンソーダイチゴミルクを飲みながら、大悟くんの甘いもの好きを知った柳くんが提案したお出かけ先は、ケーキバイキング。

——好きなもの食べてるときなら、顔面の凶悪さも少しは薄まるだろ。

確かに、お菓子を食べているときの大悟くんはいつも幸せそうで、表情筋はゆるゆるだ。

——あまり大人数でもダメだろうし、せいぜい六人ってところだな。僕、メグ、ハムスター女、岩倉、あと二人。

というわけで選ばれた残りの二人は、大悟くんと柳くんと同じ三組の、サッカー部所属の庄司《しょうじ》くんとバスケ部の日高《ひだか》さん。二人とは私も初対面だ。

「これで全員揃《そろ》ったな」

そう言った柳くんの腕を、大悟くんが来るとは知らされていなかった庄司くんが摑《つか》んだ。

「全員って、この六人？」

「そうだ。何か問題あるか？」

大悟くんを前に「問題がある」とは言えないのだろう、庄司くんは引きつった笑みを浮かべるに留めた。日高さんも困惑気味に大悟くんと柳くんを見比べている。

庄司くんは柳くんと同じくらいの身長の人懐こそうな童顔で、一方の日高さんは伸ばしたストレートの黒髪が綺麗《きれい》な大人っぽい雰囲気の美人だ。そして、二人ともいかにもクラスの中心にいそうな、快活で垢抜《あかぬ》けた印象がある。

この二人を今日のメンバーに選んだのは、もちろん柳くん。大悟くんとクラスの中心メンバーを仲よくさせるのが手っ取り早いというわけだ。

私は初対面の庄司くんと日高さんに「二組の小森です」と自己紹介した。

「大悟くんと、一緒にアルバイトやってます」

「アルバイト?」って日高さんが訊いてくれた。

「西千葉駅近くの、《リング・リング》ってドーナツ屋さん」

「そう……」

けどあまり会話は盛り上がらず、時間になったのでぞろぞろと受付に向かう。

ラウンジは大人数のパーティでも開けそうなくらいに広く、奥の方の六人がけのテーブル席に通された。係の人にケーキバイキングの仕組みを説明され、こうして九十分の食べ放題がスタートする。

壁際のカウンターに並んだケーキはひと目じゃわからないくらい種類が多く、色とりどりで見た目にもとてもかわいかった。女性客が多く、フロアは明るいおしゃべりで満ちている。

なのに。

さっきまであんなに楽しそうだった大悟くんは気をつけの姿勢から動かず、庄司くんと日高さんもいかにも居心地が悪そうで、うちのテーブルには微妙な空気が漂っている。

少しして沈黙を破ったのは、意外にも庄司くんだった。

「と、とにかく、ケーキ取ってこようぜ！」

パッと席を立ち、隣に座っていた日高さんを誘って去っていく。

続いて柳くんとメグも席を立ち、私も固まったままの大悟くんに声をかけた。

「ほら、ケーキ、取りに行こうよ！」

大悟くんは黙って頷《うなず》き、ぎこちない動作で席を立つ。

……強引だったかな。

こんな風に出かければ、みんなと話さないといけない空気になるだろうし、どうにかなるかなって楽観的に考えてた。そんなに甘くなかったかも。

お皿を取って、チョコレートケーキがたくさん置いてある一角に向かった。そこにはすでに柳くんとメグがいて、私は二人の会話に交ざるように声をかける。

「どれが人気とかあるのかな？」

すると、事前に情報をチェックしていたらしい柳くんが、スマホを取り出してクチコミサイトの画面を見せてきた。私は少し離れたところに立っている大悟くんを手招きする。

「チョコレートケーキとチーズケーキが、種類も多くて人気なんだって！」

柳くんとメグが揃って大悟くんの方を見て、大悟くんがお皿を持ったまま固まったのがわかった。

「あのさ、大悟くん」

少なくともメグと柳くんは、大悟くんが本当は怖くないってことを私から聞いて知っている。そのことを伝えようと思ったのに。

大悟くんはこちらにやって来るなり、無言でチョコレートケーキをお皿に載せ始めた。同じ種類ばっかり二個、三個、四個……。

「そんなに同じのばっかり食べるの⁉」

チョコレートケーキ十個でお皿がいっぱいになった。

「……席、戻ってる」

そして大悟くんは一人、テーブルにそそくさと戻っていってしまう。

「——あいつ、思ってた以上にコミュニケーション能力が低いな」

柳くんがボソっと呟《つぶや》き、トングで最後のチョコレートケーキを自分のお皿に取った。チョコレートケーキのトレーはもう空《から》っぽだ。

「笑いごとじゃないよ。何かいい案ない？」

「いい案も何も、ここまでお膳立《ぜんだ》てしてやったんだ。あとは自分でなんとかしろ」

柳くんはそれだけ言って、イチゴのショートケーキの方へと去っていく。助けを求めるようにメグを見ると、「まぁまぁ」なんて慰められた。

「私も岩倉くんに話しかけてみるよ」

「ありがとう、メグ」

自分の分のケーキをお皿に取ってメグと一緒に戻ると、ほかのみんなはすでに席に着いていた。気まずい空気をごまかすように庄司くんが日高さんに話しかけているが、柳くんと大悟くんは黙々とケーキにフォークを立てている。

「大悟くん、そのケーキおいしい？」

隣に座ってそっと声をかけると、大悟くんは顔を上げて頷く。

「うまい。何個でも食べられそう」

微妙な空気ながらも、ケーキだけは堪能《たんのう》しているようで少しホッとした。

「じゃ、私もあとでそれ食べてみよう。少し経ったら補充されるよね、きっと」

「補充？」

大悟くんがきょとんとしたので、私は思わずそのお皿に目を落とした。私の視線に気づき、大悟くんがたちまち「しまった」という顔になる。

「ごめん、俺がたくさん取ったから……」

「バイキングなんだから、食べたいもの食べたいだけ取ったらいいんだよ」

大悟くんはチョコレートケーキでいっぱいの自分のお皿をこっちに向けてくる。

「凜が食べたいなら、いくつか取っていいぞ」

「大悟くんが気に入ったならいいよ！　あとで取ってくればいいし」

「でも——」

そんな風に押し問答してたら、気がつけば柳くんにメグ、そして庄司くんと日高さんの目がこっちを向いていて。

……これは、大悟くんが怖くないアピールをする絶好のチャンス！

「それなら、私が取ってきたケーキと一つ交換しよう！」

おっかない噂《うわさ》のある大悟くんだけど、実は甘いものが好きで、ケーキの交換とかしちゃうキャラなんです！　っていうのがわかれば、怖くないってこともわかるよね？

我ながらナイスアイディアすぎる。私は自分のお皿を両手で持って、ほら選んで！　ってつもりで大悟くんの方に差し出した。

「あ」

柳くんがそんな風に声を漏《も》らしたのが聞こえた直後、お皿に変な衝撃があった。

どうやら隣の私に何か話しかけようとし、身体を屈めて顔をこちらに向けたところだったらしい。

大悟くんの顔半分が、私のお皿のケーキにめり込んでいた。

生クリームだらけになった顔を大悟くんがゆっくりと上げ、その鼻から真っ赤なイチゴがお皿に落っこちたのを見るなり、私は悲鳴を上げた。


男子トイレで顔と髪を洗い、フロントで借りたタオルで拭きながら出てきた大悟くんに私は駆け寄った。

「ごめんね、本っ当にごめんね！」

両手を合わせて頭を下げて、謝り倒してもこんなんじゃ足りない。きらびやかなホテルの一角じゃなければ、もういっそ額を床にこすりつけて土下座《どげざ》したい。

大悟くんは濡れて束になった前髪を左右に分けており、いつもは隠れている目元が見えていた。おかげで、目を細めて私を見下ろしているのがはっきりとわかる。

さすがに怒られてもしょうがないって、思うのに。

「凜は、本当に服とか汚れてないか？」

睨《にら》むでもなく、心配そうに訊かれて鼻の奥がつんとしかける。自分は顔をクリームでデコレーションされたっていうのに、なんで私の心配してるんだろう。

「私は平気だよ。大悟くんの服こそ、汚れちゃったよね……」

「ちょっと生クリームついただけでなんてことない」

それから、歯を見せるようにしてニッと笑う。

「ケーキに顔突っ込むのなんて、初めてで面白かった」

わけわかんないうちに連れてこられた上に、ケーキに顔を突っ込むハメになったのに。物騒な噂とは遠すぎるくらい、この人は優しい。

それに、とその顔をチラと盗み見て密かにドキリとする。

前髪に隠れていたその顔は、睨んだりしなければ全然怖くなかった。怖いどころか鼻筋も通ってて目元はキリリとしているし、どちらかといえば整っている方なのでは。

急に変に意識しちゃって内心落ち着かないまま、一緒にケーキバイキングに戻った。もう時間は半分近く過ぎてしまっている。お礼を言ってフロントにタオルを返し、メグたちのいるテーブルに帰ると。

「おかえりー」

明るく迎えてくれたのは日高さんだった。

潰れたケーキはすでに片づけられていて、私と大悟くんの席には、色とりどり種類様々の新しいケーキが置かれている。

「もうあんまり時間ないしな。どんどん食べろよ」

今度は庄司くんが気さくに声をかけてくれる。

微妙で気まずかったさっきまでの空気はなんだったのかってくらい、テーブルは和《なご》やかな空気に変わってた。

大悟くんが飲みものを取りにテーブルを離れ、一方、目をパチクリとさせたままの私にメグが教えてくれる。

「『岩倉くんって、ああ見えて怖くないんだね』って話、さっきまでしてたんだよ」

メグの言葉に、庄司くんがちょっと決まり悪そうな顔をしつつも笑みを浮かべた。

「顔中クリームだらけなのに、岩倉のヤツ、ずっと小森さんの心配してただろ」

確かにそうだった。

私のせいなのに、私のケーキをダメにしたって大悟くんは謝りまくり、私にクリームがついちゃってないか、ずっと心配してくれてた。

「悪いヤツじゃないんだなって」

私は全力で頷《うなず》いた。

「すごく……すごく、優しいんだよ」

大悟くんが戻ってきて、私の分までアイスティーを取ってきてくれた。席に着いた大悟くんに、今度は日高さんが話しかける。

「岩倉くんさ、前髪、いつもそうしてた方がいいよ」

みんなの視線が大悟くんに集まる。湿気を含んで束になった前髪は左右に分かれたままだ。

大悟くんはたちまちハッとした顔になって、両手で前髪をいじって俯《うつむ》き顔を隠す。

「俺、目つき悪いから。公共の迷惑にならないためにも、隠した方がいいかと……」

「目元が見えないせいで、チョー怖い人だと思ってたよ、あたし」

日高さんのツッコミに、大悟くんは前髪から手をどかして目を見開いた。

「そうなのか?」

日高さんは、笑いながら自分のバッグから何かを取り出して席を立った。そして、近すぎじゃない? ってくらいの至近距離で大悟くんの顔を覗《のぞ》き込む。

「あの……」

ちょっと身体を引いた大悟くんに、「逃げないの」と日高さんは言い、その長い前髪に触れた。

「……なんだ、これ」

日高さんは、大悟くんの前髪を器用にヘアピンでまとめて顔の横に留めた。

目元どころかおでこまで露わになった大悟くんは困惑したように目を瞬《また》き、そっとヘアピンに触れる。

「これ、俺に似合うのか？」

「似合うわけないじゃん！」

すかさず突っ込んだ日高さんに、テーブル中が笑いに包まれた。

そして、今度はメグが明るく言う。

「ヘアピンは似合ってないけど、ちゃんと目元が見えてる方がいいよ。それならそこまで怖くないし、殺し屋っぽくない！」

「そんなもんなのか？」

大悟くんは目を細めて怪訝《けげん》な顔になる。

「あ、その顔はダメ！」

すっかり慣れた様子の日高さんがダメ出しし、大悟くんは困惑気味に私を見た。

「大悟くん、よく目、細めるよね」

睨むのがクセになっちゃってるのかと思ってたら、大悟くんは「それはしょーがない」って応える。

「目が悪いんだよ」

「視力のせいだったの⁉」

みんなが笑っているのにつられたのか、大悟くんも何かが解《ほど》けるように吹き出した。

みんなのおしゃべりが一段落し、お皿が空《から》になって私は席を立った。

最後は食べ損《そこ》ねたチョコレートケーキにしようとトングに手を伸ばしたら、いつの間にか隣に立っていた柳くんと手がぶつかった。

「お先にどうぞ」

外面《そとづら》の笑顔でトングを譲《ゆず》られたので、自分の分を取ったあと柳くんのお皿にもひと切れ載せてあげた。

「柳くん、今日はセッティングしてくれてありがとう」

「利害が一致したってだけだ」

そう応えた柳くんはチラとテーブルの方を見やる。

テーブルでは、大悟くんは日高さんにまだいじられていた。そういえば、あんな風に女子としゃべっているのを見るのは初めてかも。

大悟くんに友だちが増えるのは嬉しいことのはずなのに、なぜかちょっとだけもやっとする。

「これからどうなるかは、結局、岩倉次第だしな」

その言葉に、柳くんに目を戻した。

「大悟くんなら、きっと大丈夫だよ」

柳くんは「そうなるように僕も祈ってるよ」って小さく笑い、先にテーブルに戻っていった。

柳くんに相談して、やっぱりよかった。

メグも見る目あるじゃん。

ハムスター女って呼ぶのも、今日のことに免じて許してあげよう。

九十分はあっという間に過ぎ、ケーキでお腹を満たした私たちはホテルを出たところで解散した。

メグと柳くんはこれからデートだと二人でどこかへ去っていき、庄司くんと日高さんとは電車の方向が逆なので駅で別れ、私と大悟くんは下り電車に乗った。

閉まったドアのそばに立ち、窓の外を見ている大悟くんの横顔に話しかける。

「今日、色々黙ったまま連れてきちゃってごめんね」

「凜が謝ることなんかないだろ」

頭二つ分くらい高いところから見下ろされる。その前髪は、まだ日高さんのヘアピンで留められたままだ。

日高さんが大悟くんの前髪を留めたときのことを思い出し、感じたもやっとを思い出す。なんか、先を越された気分。

けどそんな私の心知らずで、大悟くんの口元には柔らかい笑みが浮かぶ。

「こんなに人としゃべったの、家族以外だと久しぶりかも」

「そうなの？」

驚いた私に、大悟くんは苦笑するみたいな顔になった。

「俺……昔、バスケやってたんだ。だけど、中二の時にケガしてやめてさ」

「家に行ったとき、メダルとか賞状、マオくんとミオちゃんが見せてくれたよ」

「マオとミオは、親に連れられて俺の試合を見にきたことあるんだ。そのとき、優勝もした」

「すごいね」

背の高い大悟くんなら、シュートとかばんばん決めたんだろうなって想像する。それを見られないのは、ちょっと残念。

「あの頃は、部活の仲間もいたし、今みたいじゃなかった、と思う」

大悟くんの目は、電車の窓の向こう、遠くの空に向けられる。

「ケガして、部活やめることになって……ちょっと荒れてた時期があってさ。声かけてくれた友だちも仲間も全部突っぱねて、気がついたら、誰も俺に近寄らなくなってた。こっちから近づくと怖がられるし、怖がられるくらいなら、もう近づくのはやめようって、思ってた」

想像すらしていなかった話に、小さく息を呑《の》んでその顔を見つめた。

単純に、不器用で人と話すのが苦手なだけだと思ってた。

切ないような悲しいような気持ちになっていると、大悟くんは私を見返す。

「でも、それだとやっぱりダメだろ。だから、バイトでもしてみようかって思ったんだ。──接客、全然ダメだけどな」

なんて自嘲《じちょう》気味に笑う大悟くんに、「もしかして」と訊いてみる。

「私に最初にメッセのＩＤ訊いてきたときも、実は、すごく緊張してた？」

「むちゃくちゃ緊張してた」

超長文の自己紹介とか、会話のつかみは天気の話からとか、わけわかんないって思ってた。

でも、人との接し方がわからなくなってた大悟くんにしてみれば、あれもこれも、全部必死に考えた末でのことだったのかもしれない。

「あのとき、凜にＩＤ訊いてよかった」

初めて《リング・リング・リング》の控え室で顔を合わせたときの、睨《にら》むような目をした強面《こわもて》はすっかり影を潜《ひそ》めてる。日高さんがくれたヘアピンで少しすっきりした顔は、今じゃとっても穏やかだ。

「……大悟くん、偉いね」

「偉い？」

「自分で自分のこと変えようと思って、バイトも始めたんでしょ？　そういうの、すごい偉いよ。もっと自信持っていいと思う！」

自分の語彙力《ごいりょく》のなさがもどかしい。

心からすごいなって、尊敬するって思ったし、その行動の意図がわかって感動すらしたのに。気持ちをうまく言葉にできなくて嫌になる。

「そんな大したことじゃないけど……でも、凜にそう言われるのは嬉しい」

はにかむような笑みを向けられ、私の心臓は思いがけず音を立てた。

胸を締めつけられるような気持ちでたまらなくなって、動揺《どうよう》のあまり窓の外に目を逸《そ》らす。

……まさか、ねぇ。

身体《からだ》の奥から込み上げてくる感情の名前がうっすら見えた気もしたけど、あえて見なかったことにする。

ちょっと、感動しちゃっただけ。

友だちなんだし、そんなのない。

ない、はず。

★☆★

週が明けて月曜日。昼休みになって、メグが柳くんに用事があると言うのでついていくことにした。

ケーキバイキングでは、大悟くんも庄司くんや日高さんと打ち解けることができてたけど。その後、教室ではどうかなって、やっぱり気になる。

「最初は『間違えて告白しちゃった、どうしよう！』って感じだったのに。凜ってば、もの好きっていうかなんていうかだよねー」

「そ、そんなんじゃないし！　その……ちょっとお世話になったの！　それで、恩返ししたかっただけ！」

「そんなに義理堅いキャラだったっけ？」

柳くんのいる三組は隣のクラス、軽口を叩きながら教室を出るとすぐに到着する。

「柳ー」って声をかけ、メグは私を置いてさっさと三組の教室に入っていった。私は教室の入口から、そっと中を窺《うかが》う。

窓際の角の席には、誰もいなかった。

どこかに行ってるのかなって視線を動かし、すぐに気がつく。

ベランダで男の子たちがだべってて、そこに頭一つ突き抜けて背の高い大悟くんの姿があった。

庄司くんが隣にいて何か話しかけ、大悟くんが言葉を返すと笑いが起きた。すると、窓の近くにいた日高さんたち女子数名がその会話に参加して、人の輪がさらに大きくなる。

大丈夫そう、みたい。

心の底から安堵《あんど》する。

だって、みんな〝知らなかった〟だけ。

知ってしまえばなんてことない、大悟くんは普通の――いや、普通よりちょっと素直で優しい男の子なんだから。

よかった、ってホッとした、はずなのに。

なぜだか百パーセントの気持ちで喜べない。そして、それがなんでなのかすぐにわかって、たちまち自己嫌悪に陥《おちい》る。

一部の人しか知らなかった大悟くんの本当の姿を、みんなが知っちゃうことが面白くない、のかも。

……独占欲？

って、何それ性格悪すぎだし。

ただの友だちなのに——

「凜ー、ちょっとこっち来てよ」

柳くんと話していたメグに呼ばれてハッとする。

嫌な感情をふり払うように顔を上げ、私はメグたちの方に駆けた。

V

とんでもないミス・再

その女性のお客さんは、ドーナツの並んだショーケースの向こうに立った大悟《だいご》くんを見るなり、「あれ、前髪切った?」って親しげに訊いてきた。

大悟くんはそれに緊張することもなく、「少しだけ切ったっす」と気さくに答える。

「そうなんだ!」

女性は表情をパッと明るくしてにっこりする。

「長くて鬱陶《うっとう》しかったもんね。そっちの方がいいよ!」

大学生くらいのその女の人は、人懐こい笑顔で大悟くんに親しげに話しかけつつ、楽しそうにドーナツを選んでいる。

なんとなく見覚えがあるようなないような……お店によく来てる人かな。

カフェ席の片づけをしていた私は、ちょっと離れたところからそのやり取りを落ち着かない気持ちで眺めていた。

前髪の変化に気づくなんて、一体誰だろう。

大悟くんは日高《ひだか》さんにダメ出しされた前髪を以前よりは少し短くし(それでも目元がやっと半分見えるようになったくらいだけど)、最近はクラスでもだいぶ打ち解けてきたようだった。きっと前より交友関係も広がってるんだろうし、私が知らない友だちや知り合いがいるのなんて当たり前のことなのに。

気になっちゃって、またしてもそんな自分に嫌気が差す。

ただでさえちっちゃいのに、器《うつわ》までちっちゃいなんて私ってばどんだけちっちゃい女なんだ！

「ありがとうございましたっ！」

お会計を済ませた女性を見送る大悟くんに、私は空《から》になったカップなどをお盆に載せて片づけがてら、できうる限りのさりげなさを装《よそお》って訊いた。

「今のお客さん、知り合い？」

「祐《ゆう》のカノジョさんだ。俺も何度か会ったことがあって――」

あ、だから見覚えがあったのか。

そういえば、前にもお店に来てたよね。すっかり顔を忘れちゃってた。

わかってみればなんてことない、さっきまでのもやもやはすっかり晴れた。私が機嫌よく運んできたカップなどをシンクに置いていると――

「悪い！」

大悟くんが急に背後から謝ってきてビクついた。こっちを見る大悟くんの表情は、すっかり険しくなっている。

「え、何？　どうしたの？」

「余計なこと言った！」

「余計なことって？」

「祐のカノジョさんのこととか……また『心が痛く』なってないか？」

大悟くんなりに気を遣って、遠回しな表現を使ってくれたんだろうけど。

思わず吹き出しちゃって、ポカンとしている大悟くんに「ごめん」って謝った。

「そんなの、もう全然平気なのに」

そう答えてから、自分でも少し驚いた。

あんなに好きで毎日毎日考えてた祐さんのことが、今じゃすっかり過去のことになってる。

祐さんは大学のゼミが忙しいそうで、今は週に一度、お店で会うかどうかって感じだ。会えば今までどおり仲よく話せるし、高校の授業のこととか、ちょっとした相談に乗ってもらうこともあった。

でもそれだけ。

好きは好きだけど、それは頼りになる近所のお兄さん、みたいな感情でしかない。

幼い頃にずっと大切にしていたお人形から、いつの間にか卒業していたときのような、そんな寂しさを覚えた。

でも、卒業したからってその分、心にぽっかり穴が開いてるわけじゃない。

そこはもう別のものでいっぱいになってて、言われて気がつかなければ寂しさすら感じないほどだ。私はもう、数ヶ月前とは別の私になってる。

「もう平気なのか？」

まだ疑わしげな大悟くんに頷《うなず》いて返す。前髪を切ったおかげで、前より大悟くんの表情がよくわかるようになった。

「うん。時間も経ったし、諦めたっていうか……もうそういう好きとは違うかなって。多分、大悟くんが祐さんのこと好きなのと同じような好きだよ」

「俺、祐のことは結構好きだぞ」

素直さ全開の大悟くんに笑った。

「それには負けちゃうかも」

奥から輪島《わじま》さんが顔を出し、「大ちゃん、ちょっと手伝ってもらえる？」と呼ばれて大悟くんは引っ込んだ。

カウンターで一人になったというのに、私の顔にはさっきまでの笑いが中途半端に残ったまま。

ホッとしたのと、嬉しいのと、寂しいのと、楽しいのと、そしていくらかの困惑と。

色んな感情が入り混じって、どんな顔をしたらいいのかわからない。

……ちょっと前から、そうじゃないかと思ってたのだ。

あまり積極的には認めたくないというか、今さら私は何を血迷ったのかって自分に突っ込まずにはいられない、けど、だけど。

――大悟くんのこと、好きなのかも。

そう言葉にして自覚してしまったが最後、たちまち顔が熱くなって思わずカウンターの裏でしゃがみ込む。

ホントに？

私、大悟くんのこと好きなの？

一年近い片想いから卒業して数ヶ月も経ってないのに、切り替え早すぎじゃない？

「――凛《りん》！」

ふいに背後から低い声をかけられてビクッてする。

「どうした？　具合でも悪いのか？」

心配そうな顔で大悟くんが駆け寄ってきて、しゃがんだまま真っ赤な顔でぷるぷる首を横にふる。

「なんでもない！　ホントになんでもないの！」

「でも、顔赤いぞ」

私の正面にしゃがみ、それでも私よりずっと背が高い大悟くんに見下ろされる。

「これはその……ほら、夏も近づいてるし！」

「凛はすぐ無理するからな」

おでこにその大きな手を当てられて、「ひゃっ」って思わず声を上げて目をぎゅっとつむると――

こつ、とおでことおでこがぶつかった。

「……熱はないみたいだな」

そっと目を開けると、すでに大悟くんの手もおでこも離れてて、でも顔はますます熱くなっていく。

「具合が悪かったら、すぐに言うんだぞ」

幼い弟妹たちにするような口調でそう言われ、黙ってコクコク頷いた。

体中の血が熱くなって血管がドクドク鳴ってる中、よろよろと立ち上がる。

心臓が保《も》たない。

わかっちゃいたけど、こういうのって、一度意識し始めるとどうしていいのかわからなくなるのが乙女心《おとめごころ》ってヤツなのだ。

★☆★

今まで普通に接せられていたのが信じらんない。

『おはようございます、岩倉大悟《いわくらだいご》です。今日の千葉《ちば》市の天気は——』なんていつも同じ文章から始まる毎朝の天気予報が、楽しみでしょうがなくなった。ただの天気予報なのに、受信するだけで心のしっぽがパタパタして止まらない。

頭のてっぺんには探知機が生えたみたいになり、学校でもついついその存在を探しちゃう。廊下《ろうか》にいるのを見つけて、わざとそっちを通ってすれ違って、軽く声をかけてみたり手をふってみたりして、心の中でジタバタする。

柳《やなぎ》くんに会いにいくメグについて三組に行き、様子をこっそり見たりもした。今日の昼休みも男の子たちのグループに交ざってるな、また日高さんが話しかけてる、私も同じクラスならよかったのに、なんてじれったい。

そんな風にすっかり落ち着きをなくしてしまった、六月も下旬になろうという水曜日。

今日は大悟くんとシフトが一緒だって弾む心を抱きしめつつ、放課後に《リング・リング》に向かった。

控え室に行くと、大悟くんはちょうど着替えているところで、着替えスペースのカーテンの奥がもぞもぞ動いてる。

カーテン一枚隔《へだ》てたところで着替えてるんだ……。

なんて当たり前のことを考えてから、額を打ちつける勢いでテーブルに突っ伏した。というか、勢い余って見事にテーブルにおでこをぶつけ、ゴツッといい音が響いちゃって涙目になる。

「なんの音?」

カーテンが開き、シャツのボタンも半分しか留まってない状態の大悟くんが姿を見せた。はだけかけたその格好にたちまち顔が赤くなり、不埒《ふらち》な想像をしそうになったなんて言えず、「なんでもない!」って首を横にふる。

「ちょっと勢い余っただけだから!」

「そうか」

長い指でボタンを留めている大悟くんを見て、前から気になってたことを訊いてみた。

「大悟くん、着替えるとき、いつもすごくもぞもぞしてるよね」

「もぞもぞ？」

「カーテン、すごく動いてる」

前はその動きがなんとなく面白いなって思いながら見てたんだけど。

「そうなのか。……俺、身体《からだ》がでかいし、ここのスペースだとちょっと狭い」

「そっか、そうだよね。私が着替えるのにちょうどいいくらいの広さだもんね。いっそ、カーテンの外で着替えちゃえば？」

「野郎の生着替えなんて誰も見たくないだろ」

訊いてみないと、教えてもらわないとわからないことって意外と多い。

私と大悟くんじゃ、もしかしたら物の大きさも見えてる世界も違うのかもしれない。身長も三十センチ以上差があるし。

すごく不思議。何も知らなかった頃は怖そうな人だなって思ってて、でも知れば知るほど面白くて優しいところもあるってわかって、でも今はまた知らないことばかりなんだなって気持ちになってる。

それから、私は「そうだ！」って思い出し、学生鞄《かばん》に入れてきたクッキーの包みを取り出した。

「昨日、家庭科部で作ったから持ってきたの」

アルバイトがない日は色んなことを考えちゃって落ち着かなくて、最近は以前にも増して頻繁《ひんぱん》に家庭科部に顔を出している。

大悟くんはたちまち目を輝かせて「ありがとう」って私から包みを受け取ったけど、ハタとした顔になって訊いてきた。

「今日は何か、特別なのか？」

下心を見透かされたような質問にギクリとし、「え？」って訊き返す。

「袋がいつもと違う」

クッキーの袋は、ピンク色の花がプリントされた小袋だった。

そういえば、今まではラップでくるんだクッキーを飾り気のない半透明のビニール袋に入れて渡してたんだった。

「その……家庭科部の先輩がくれたの！　人にあげるならかわいい方がいいよって」

「そうなのか。中身は同じでも、確かにちょっと違って見えるな」

クッキーをあげると、大悟くんは待ち切れないのか、いつもアルバイトの前に一つ二つ摘《つ》まむ。けど、今日は食べずにそのままバッグにしまった。

「食べないの？」

「この間、凜にクッキーもらってるの、ミオとマオにバレて怒られてさ」

元気いっぱいの、大悟くんの双子の弟妹。

「だから、今日は家でみんなで食べる」

「それなら、今度はちょっと多めに作ってくるよ？」

「そんなに気を遣わなくていいぞ。友だちなんだし」

「友だち」って単語に、浮かべていた笑みがちょっと不自然なものに変わってしまう。

最初に友だちになりたいって言ったのは私なのに。

私がロッカーからお店の制服を取り出すと、「先に店に行ってる」と大悟くんは控え室を出ていこうとする。

「まだ時間、早くない？」

大悟くんが時間より早くお店の方に行くのはいつものことだけど、つい引き留めてしまった。

「着替えるとき、俺がいない方がいいだろ」

大悟くんは当然のようにそう答え、控え室を出ていく。

……もしかして、私が着替えるとき、気を遣ってくれてたのかな。

不意打ちだ。私には気を遣わなくていいって言うくせに。胸がキュンとしちゃってたまらなくて、逃げるようにカーテンの奥のスペースに入り込む。

鈍いようで意外と鋭いし、何も言わずに気を遣ってくれるところ、好きすぎる。

カーテンの奥でひとしきり悶《もだ》え、心を落ち着けてから着替えて店に出た。

いつもどおり昼のアルバイトの羽村《はむら》さんから引き継ぎをし、大悟くんと手分けして掃除《そうじ》や資材の補充を終わらせる。一時間くらいはあっという間で、おかげで変にドギマギしないで済んだ。

そうしてお客さんも途切れ、食器洗いなども一段落して少し手が空くと、ふいに大悟くんに訊かれた。

「凛は、アルバイト代で何か買ったりしたか？」

突然の質問に目をパチクリとさせ、首を傾《かし》げる。

「ちょっとした買いものくらいはしたけど……そんなに大きな買いものはしてないかな。あ、美加《みか》さんにプレゼントあげたよ」

もともとアルバイトを始めたのは祐さんに憧れてだったたし、高校生になって素敵なお店で働くこと自体が目的になっていた節がある。五月に初めてのお給料がふり込まれたときはもちろん嬉しかったたし、通帳の残高を何度も眺めたけどそれだけだ。

美加さんの誕生日が六月の初めにあったから、ちょっと奮発してプレゼントにケーキとストールを買ったくらい。

「じゃ、俺と同じだな」

大悟くんはホッとしたような顔になる。そういえば、大悟くんも自分を変えたくてアルバイトを始めたっていう、働くこと自体が目的のタイプだった。

「祐に、もらったお金は計画的に使えって言われたんだ。でも、そもそも全然使ってなかったと思って」

「欲しいものとかないの？」

「お取り寄せスイーツとか……」

「あっという間にお給料なくなりそう」

「祐にも同じこと言われた」

「じゃあ、食べもの以外は？」

考え込むように目を細めた大悟くんに、私は思いつく。

「メガネは？」

「メガネ？」

「目が悪いって言ってたよね。メガネ作ったら？」

「悪いっていっても、こうやって目を細めれば黒板くらい見える」

ガンを飛ばすように目を細めたので、すぐにやめさせる。

「前髪も切ったんだし、メガネも買ってイメチェンしてみたら？」

「メガネって、どんな風に買うんだ？」

「どんな風って……メガネ屋さんに行けば、色々案内してもらえると思うけど」

大悟くんは「そうか」って呟《つぶや》き、少し考えるような間のあと私を見た。

「それなら、凜についてきてほしい」

「え、私？」

「俺、どんなメガネがいいとかわからないし」

「私もセンスがいいわけじゃないけど……」

「俺より凜が選んだ方が安心だろ」

心の中で「くぅ」って身をよじる。そんなこと言われちゃったら、はり切るしかない。

二人でカウンターにあったカレンダーを見ながら、アルバイトのシフトや土日の予定なんかを互いに話して日程を決めたところで、内心ハッとした。

これって、もしかしなくても。

デートでは？

★☆★

家を出る直前まで服装を迷いに迷って、美加さんにまでアドバイスを求め、結局、大悟くんのお母さんにもらったワンピースを着て家を出た。

待ち合わせは午後一時半、慣れないパンプスを履《は》き、小走りで待ち合わせ場所の千葉駅前に到着する。

今日は柱の陰に隠れていることもなく、大悟くんをすぐに発見できた。

「ごめん、ちょっと遅れちゃった」

「三分なんてどうってことない」

ラフな私服姿の大悟くんを見上げた。背が高いから迫力はあるけど、でもそれだけだ。人に避けられるほど怖いって感じはもうまったくない。

「前髪、切ってよかったね」

大悟くんは短くなった前髪に指で触れた。

「みんなに同じこと言われすぎて、今までの俺はなんだったんだって気持ちになってる」

「そんなもんだよ」

「凜もそういう風に思うことあるか？」

「いっぱいあるよ」

今まさに思ってる。

こんな風に大悟くんと出かけることになって、緊張してドキドキしちゃってるなんて、数ヶ月前の私が見たらわけわかんないだろう。

私はスマホを取り出して、調べてきた情報を見せた。

「せっかくだし、色んなメガネ屋さん行ってみようと思うんだけど、どうかな？」

「調べてくれたの？」

「メガネ選び任されたし、これくらいは……」

はり切りすぎちゃったかもって思ったけど、大悟くんは丁寧《ていねい》に頭を下げただけだった。

「凜に頼んでよかった。楽しみ」

打算も何もない、思ったままであろう言葉に頰《ほお》が緩《ゆる》みかけ、でも同時に冷静な私が現れて「浮かれてもしょうがないんだからね！」ってブスブス釘を刺す。

大悟くんが私に気を許してるのは、信頼してくれてるのは、友だちだからだ。

その友だちの座だって、もうクラスで独りぼっちじゃなくなった今、特別なものでもなんでもない。

「どこから行くんだ？」

私のスマホを覗《のぞ》き込んでいる大悟くんにハッとし、顔に笑みをはりつける。

「駅ビルのこのお店からまずは覗いてみよう」

並んで歩きだす。大悟くんの一歩はとっても大きく、遅れそうになる私に気づくと足を緩めてくれた。

「歩くの遅くてごめんね」

「気にすんな。ミオとマオを連れてくときは、もっと遅い」

「家族で出かけること、よくあるの？」

「たまに。あ、夏には祐の家族と一緒に、毎年キャンプに行ってる。二泊三日で――」

なんでもないおしゃべりなのに、また心のしっぽがパタパタして気持ちも弾む。大悟くんもいつもよりよくしゃべってる気がして、それもまたじんわり嬉しい。

最初は無口で口ベタな人だと思ってた。でも、あんなににぎやかな家で育ったんだし、本当はおしゃべりが好きなのかも。色々あったら、そういうのがわからなくなっちゃうことだってあるだろうし。

一軒目のメガネ店に到着する。壁際の棚《たな》や、背の低い棚の上に色とりどりのメガネのフレームがずらりと並んでいた。

「いっぱいあるな」

大悟くんは目を細めて呟く。

「選ぶの大変そうだね」

「選択肢《せんたくし》が多いのは悪いことじゃない」

急に悟ったようなことを口にする大悟くんを見上げた。

「それも、何かの本の言葉？」

「中学卒業するとき、バスケ部の顧問だった先生に言われた。『バスケができなくなって何をやったらいいのかわからないのかもしれないが、それはやれることの選択肢が多いってことだ』って。別のスポーツでもいいし、スポーツじゃなくてもいいって。それで、部活じゃないことをやるのもいいかと思った」

「そっか」

「何を選んで、選んだ結果どうなるか、それは全部自分次第だろ」

「それも先生に言われたの？」

「これは、最近俺が思ったこと」

ちょっと照れたように笑ってみせ、大悟くんは近くの棚にあったメガネのフレームに手を伸ばす。

「これ、かけてみてもいいの？」

「いいと思うよ」

大悟くんは慣れない手つきでフレームに触れ、両手でかけるとこっちを向く。

「……ちょっと派手かも」

太いフレームは明るい水色に黒いドット柄《がら》で、大悟くんの顔にはポップすぎる。近くに手鏡があったので見せた。

「派手っていうか、愉快だな」

大悟くんは外したフレームを元に戻した。

「でも、メガネ一つでこんなに愉快になるならアリかも」

真顔でそんなコメントをするので、つい笑ってしまう。

私にしてみれば、メガネ一つでこんなに楽しくなれるならアリかもって感じ。

「凜はすぐ笑うな」

「だって面白いんだもん」

「凜はメガネがなくても愉快だな」

そんな風に話しながら、色んなメガネを試してく。

「これは？」

「武術の達人っぽい」

「こっちは？」

「悪そう！　っていうかサングラスはアウト！」

「これならどう？」

「あ、意外とおしゃれ！」

メガネの試着なんてデートっぽさのカケラもないのに、心は弾んでこれでもかってくらいはしゃいじゃって、笑いすぎて途中から腹筋が痛くなってくる。

――あー、もう、ヤバい。

好きすぎて、どうしたらいいのかわかんない。

四軒ばかりお店を見て回ったけど、結局、最初のお店で試着した縁《ふち》なしのメガネにした。つるの部分が少し太めで、模様の入ったシルバー。さりげなくおしゃれなのってなんかいいと思う。

視力検査をしてお会計を済ませる。一時間ほどでメガネはでき上がるというので、駅ビル二階のカフェで待つことにした。

レジの前には列ができてて、最後尾に並ぶと店員さんにメニューを渡された。私が持ったメニューを二人で覗き込む。大悟くんに近い身体《からだ》の左半分が熱くなってく感じがして、ドキドキしてるのがバレませんよーにって内心祈る。

「この辺、全部飲みたい」

そう大悟くんが指さしたのは、生クリームが載ったアイスドリンクの一覧だ。コーヒー、チョコ、抹茶《まっちゃ》など色んな味がある。

「全部飲んだらお腹壊すと思うよ」

思わず指摘すると、ものすごく悩ましい顔になって唸《うな》ってしまう。

「次に来たときに、別の種類を頼んだらいいじゃん」

「こんなおしゃれな店、一人じゃ来られないだろ」

あんなにかわいい《リング・リング・リング》でアルバイトしてるくせに、とは思うけど、店内は女子の方が多いし、気持ちはわからないでもない。

小さく深呼吸して、ちょっと緊張しつつも「じゃあ」って提案した。

「また一緒に来ようよ」

思いの外《ほか》近い距離から驚いたような目で見下ろされ、さっきまでよりもドキドキが強くなってく。

……友だちなのに不自然だったかな。

冷や汗が出そうなくらい緊張して反応を待っていたら。

「――やった」

その顔に、ふわっと笑みが広がってく。

「約束だからな？」

小指を突き出され、何かと思って見ていたら「指切り」って言われた。

そっとそれに自分の小指を絡めると、私のものよりずっと太くて長い小指にぎゅってされて身体がゆで上がる。

「……指切りなんて、いつぶりかわからないよ」

顔も身体も熱くて湯気が出そうで、握手するように組まれたままの小指を見つめることしかできない。

「俺はミオとマオとよくやってる」

そういうことか。ってわかったけど、わかったからってドキドキが収まるわけじゃない。

レジが進んで、離し難い気持ちながらもそっと小指を解いた。大悟くんはチョコレートのアイスドリンクを、私はアイスティーを注文する。

ちょうど窓際のテーブル席が空いたので、向かい合って座った。

「ごちそうしてくれてありがとう」

お会計のとき、私の分まで大悟くんが払ってくれたのだ。

「今日、付き合わせたお礼だから」

「私も楽しかったし、そんなのよかったのに」

「一人じゃメガネも買えなかったし、これも飲めなかったしな」

チョコレートドリンクの上に載ったホイップクリームを、大悟くんはストローですくって口に運ぶ。すごく幸せそうな顔で、こっちまでつい顔がほころぶ。

スマホを見ると、時刻はもう午後四時を回っていた。楽しい時間はあっという間に過ぎて、あまりの名残惜《なごりお》しさに切なさすら感じ始めてくる。

またこんな風に二人で出かけられたらなぁって思うけど、メガネを選ぶ、みたいな口実なんてそうそうないだろう。

それに、大悟くんにとって、私は「友だち」でしかない。

「凜、どうかした?」

つい黙り込んじゃってて、「なんでもない」って答えた。

「今日、楽しかったなって」

「そうだな」

大悟くんはニコニコしてて、それがなんだか無性に引っかかった。

ちょっと前まで、すごく楽しくて幸せだったのに。ジェットコースターのてっぺんから滑り落ちたみたいに気持ちが急降下する。

こんな風に思っちゃうのは、私だけ。

二人でいるのに、急にものすごく距離を感じてしまう。

そんな気持ちに自分で戸惑いつつ、「そういえば」って話をふった。

「最近、クラスではどう？」

ちょっと遠回しな訊き方だったけど、私が訊きたかったことはわかったらしい。

「ケーキバイキング行ってから、みんなとしゃべれるようになった」

訊くまでもなく知ってた。そんな大悟くんの様子を、私は何度も陰からこっそり見てる。

「柳くんとか、庄司《しょうじ》くんとか？」

「そう。庄司とは、最近漫画の貸し借りしてるんだ。好きな漫画がかぶってて」

意外な話に、へぇと相槌《あいづち》を打つ。大悟くんが漫画を読むなんて知らなかったし、庄司くんを呼び捨てにするくらい仲よくなっていたとは。

「じゃあ……日高さんとかは？」

私とは比べものにならないくらい美人の日高さん。気にしてもしょうがないって思えど、ついその存在が気になって訊いてしまう。

「そうだな。日高さんもよく話しかけてくれる」

「そうなんだ……」

訊かなきゃよかった。またテンションが下がってく。

そんな私には気がつかず、「そういえば家でさ」と大悟くんは話し始めた。

「凜とメガネを買いに行くって話したんだ。母さんが、『いい友だちができてよかった』って言ってた」

かわいらしい大悟くんのお母さん。「友だち」って認識されてるの、嬉しくなくはないけど、なんとも微妙な気持ち。

「ミオとマオにも、『クッキーをくれる友だちがいてズルい』って言われた」

それにはちょっとウケる。「クッキーをくれる友だち」？

「祐にもこの間、凜と友だちになれたし、《リング・リング》でバイト始めて正解だったなって言われた」

友だち。

友だち。

友だち。

くり返されるその言葉に、顔を覆《おお》いたくなった。

友だちになろうって最初に言ったの、私なのに。

そんな言葉で済まされちゃうのが、すごくヤだ。

クラスメイトと変わらない、その他大勢と同じ。

一人勝手に落ち込んだ挙げ句、しまいにはトゲトゲし始める気持ちを落ち着かせたくて、残っていたアイスティーをストローで一気に飲み干した。

「凜と友だちになれて、本当に――」

「あのさ」

我慢できなくなって、咄嗟《とっさ》に強い口調で言葉を遮《さえぎ》ってしまった。

大悟くんはきょとんとして私を見る。

大悟くんは悪くない。

悪くないって、思うのに。

もうこれ以上、「友だち」って単語を聞きたくない。

「私……」

氷ばかりになったグラスに両手を添えて、ポツリと漏《も》らす。

「友だちになりたいわけじゃない――」

グラスに触れてた手が冷たくなってハッとした。

心をささくれ立たせていたトゲトゲはいつの間にか消え去り、冷静になるやいなや血の気が引いていく。

……私、今、何言った？

「――ごめんっ！」

その言葉に顔を上げたときには遅かった。

大悟くんの顔には、もうさっきまでの楽しげな表情はカケラも残ってない。

「迷惑かけて、悪い」

低い声でボソリと言い、私から目を逸《そ》らして大悟くんは席を立つ。

「待って！　今のは違うの！　あれは――」

「凜が優しいから、調子乗ってた」

違う、そんなことない。

私は全然優しくない。

優しいのは大悟くんの方なのに。

「俺なんかに『友だち』って言われても迷惑だよな」

「そうじゃなくて――」

「今日は、付き合わせてごめん。メガネは一人で取りに行くから、凜はもう帰ってくれ」

それだけ言うと、大悟くんは大股《おおまた》で店を出て行ってしまった。

その姿が見えなくなっても私は席から動けなくて、さっきまで彼が座っていた空《から》っぽの椅子《いす》を見つめる。

大悟くんは何も悪くない。

一人で勝手にイライラして、それで……。

テーブルの上には、ホイップクリームが載ったチョコレートドリンクのカップがそのままにされていた。まだ半分以上中身が残ってる。

あんなに悩んで買ったのに。

両手で顔を覆ってうなだれた。

友だちじゃなくて、友だち以上になりたかった。

でも、あんな言い方、することなかったのに。

素直で、優しくて、傷つきやすい人だって知ってたのに。

私は知ってたはずなのに！

……最悪だ、私。

なんでこんな間違いするの――？

Ⅵ

友だちなんかじゃない

週が明けて、月曜日。

朝、学校に着くなり隣の三組の教室を覗《のぞ》いてみたけど、大悟《だいご》くんの姿はなかった。

まだ来てないのかなって思ったけど、朝のホームルームが終わり、一時間目が始まる前にも見に行ってみるけどやっぱりいない。

三組の教室の前でうろうろしていたら、ふいに「岩倉《いわくら》か？」と背後から聞かれてビクついた。

柳《やなぎ》くんだ。

「え？」

「岩倉なら、今日は体調不良で休みらしいぞ」

チャイムが鳴った。柳くんにお礼を言って、自分のクラスに駆け戻る。

土曜日は、あんなに元気そうだったのに。

毎朝欠かさず送られてきていた天気予報のメッセも昨日から届いてない。かといって、あんなことを言っちゃったのにメッセで謝るのもためらわれ、学校で会ったらちゃんと話をしようと思ってたのに……。

ただ単純に、体調が悪いだけかもしれない。私のせいかも、なんて思うのは自意識過剰《じいしきかじょう》すぎる。

それでも、傷つけたことに変わりはない。

放課後になって、《リング・リング・リング》にほとんど駆けるようにして向かった。学校を休んでたんだから、アルバイトに来てるわけがないってわかってても、走らずにはいられない。

裏口のドアを開けてくれた輪島《わじま》さんが、「今日は大ちゃんお休みだって」って開口一番私に告げ、予想はしていたけどがっくりした。

「風邪《かぜ》引いたって、昨日しんどそうな声で電話してきたよ」

そして、大悟くんの代打で、午後六時過ぎから祐《ゆう》さんが店に現れた。

「なんだか久しぶりだね」

顔を会わせて早々に祐さんにそんなことを言われて気がつく。

そういえば、会うのは三週間ぶりくらいかも。

店の外はいつの間にか暗くなっていた。カフェのお客さんもすっかりいなくなり、一年前、塾帰りにここに立ち寄ったときのことをふいに思い出し、なんだか胸が詰まってしまう。

あの頃は、ここでこんな気持ちになるなんて思ってもみなかった。

ふと思い立って、祐さんにこんなことを訊いてみる。

「祐さん、カノジョさんとはもう喧嘩《けんか》してませんか？」

私の唐突《とうとつ》な質問に、祐さんは照れたように笑った。

「喧嘩しないのって、難しいよね」

「そうなんですか？」

「言いたいこと言い合ってると、やっぱりぶつかったりするし」

私には、喧嘩をする祐さんがいまだに想像できない。きっと、カノジョさんにだけ見せる顔があるんだろう。

「まぁでも、だからこそ謝るのって大事だなって思うけど」

祐さんの言葉に頷《うなず》いた。

私も謝りたい。

あれは間違えただけなんだって説明したい。

だって、大悟くんに最初に友だちになりたいって言ったのは私なのだ。

なのにあんなこと言うなんて、本当にどうかしてた。

話が一段落したところで、おずおずと訊く。

「あの……大悟くん、どんな具合か聞いてますか？」

「昨日は熱で一日寝込んでたけど、今日はだいぶ元気になったみたいだよ。あ、そういえば一昨日、大悟と一緒に出かけてたんだっけ？」

「はい。そのときは元気だったのにって」

「俺も時々、あいつの行動がわかんなくなるよ」

祐さんはそんな風に言うと嘆息《たんそく》した。

「なんか、水風呂に入ったらしくて」

「……は？」

思いもよらない「水風呂」って単語に目を瞬《またた》く。

「風呂の浴槽《よくそう》に冷たい水を溜めて浸かって、それで風邪引いたって」

六月も下旬《げじゅん》、湿度も高くてそれなりに暑い日も多くはあるけど。

「なんですか、それ……」

「ね。わけわかんないよね」

親戚《しんせき》の祐さんですらわからないんだから、私にわかるはずがない。

「プールにでも行きたかったのかな」って祐さんは軽く笑った。

もどかしい、じれったい。

なんで水風呂なんかに入ったのか、今すぐメッセで訊いて問い詰めたい。

「明日には学校にも行くって言ってたし。水風呂のこと、訊いてみてよ」

私の気持ちを見透かしたのか、笑いながら祐さんにそんなことを言われてちょっと赤くなった。

★☆★

そうして翌日、朝から気合いを入れて学校に向かった。

この間、言ってしまったことを謝る。

あれは、ただの友だちじゃ嫌だってつもりだったたって。

……そんなんで、納得してくれるかな。

気合い十分ってつもりで家を出てきたくせに、私はどうすべきか決めかねていた。

ごまかしみたいな言い訳をして許してもらおうなんて、虫がよすぎるってわかってる。

でもだからって、正直な気持ちを伝えることができるかはわからなかった。

ちょっと前まで祐さんのことを好きだったのに、って思われそう。自分でもそう思うくらいだし。

それに数ヶ月前、勢い余って祐さんに告白したはずが、うっかり大悟くんに告白しちゃったことを思い出す。

私ってば、ホントに間違ってばっかりなのだ。

ドジで、うっかりで、勢いばっかり、ポカも多いしミスだらけ。

この間の言葉だって似たようなもの。

だからこそ、「告白しよう!」なんて意気込んで、またとんでもないミスをしたり、ヒドいことを言っちゃたりしそうな自分が信用できない。

けど、でも、とにかく。

謝ることだけはしたい。

そう勇んで学校に到着し、昇降口を抜けて廊下《ろうか》を進んだときだった。

予想外に、中庭にその姿を見つけた。

病み上がりだからか白いマスクをつけていて、花壇《かだん》の縁に腰かけているのが渡り廊下の窓越しに見える。なんで中庭にいるんだろうって疑問がわいたけど、こっちとしても好都合。人が多い教室よりは話しやすいだろう。

途端に緊張で内臓が強《こわ》ばるのがわかり、小さくゆっくり深呼吸。よし、と気合いを入れて中庭に出る扉に手をかけた――けど。

木の陰になっていて今まで気づかなかった。大悟くんの前に、女子生徒が立っている。

下ろした長い髪に、やや短めのスカート。腰に手を当て、座った大悟くんに何か言葉をかけている。

日高《ひだか》さんだ。

大悟くんと同じように、なぜか白いマスクをしている。

そんな日高さんのはしゃいだような明るい笑い声が、私のところまでまっすぐ届いた。

マスクもあるし大悟くんの表情はわからなかったけど、二人が楽しげに会話をしている空気だけは伝わってきて。

……お呼びじゃない。

ドアにかけていた手をそっと離し、中庭に背を向けて歩きだす。

無心に足を動かしていたつもりだったのに、気がつけば視界が揺らめいてしまって上履《うわば》きのつま先に視線を落とした。

私みたいなヒドいことを言う友だちなんか、もういてもいなくても関係ないのかも。

日高さんは人見知りもしないし、明るくて気さくで、何より美人だ。おっちょこちょいの私みたいなミスもしないだろう。バスケ部だし、元バスケ部の大悟くんと話も合うに違いない。

自分のクラスに到着するなり、私は自席に突っ伏した。

大悟くんの友だちは、もう私だけじゃない。

わかり切っていたはずのそんな事実が胸に刺さり、目の奥が堪《こら》えようもなく熱くなる。

友だちじゃ嫌だった。

でも、もう友だちですらいられない。

何もかも、私が悪い。


仲よさそうに話す大悟くんと日高さんの姿に、私の気合いなんて木っ端《こっぱ》みじんのバラバラ、カケラすら残っていなかった。

私がいなくても日高さんがいる。

私が謝っても謝らなくても、そんなのもう、どうでもいいこと。

幸いって言っちゃなんだけど、今週の残りのアルバイトは店の改装で休業日があるので変則的で土曜だけ。学校で気をつけてさえいれば、しばらくは大悟くんと顔を合わせずに済む。

こんなことをしてたって、なんの解決にもならないことくらいわかってる。それでも、大悟くんと顔を合わせないよう、そればかりを意識して学校生活を送った。

そんな風にしていた翌日のお昼休み。

「謝る以外の選択肢《せんたくし》なんかないでしょ」

一緒にお弁当を食べていたメグにため息交じりに断じられ、「無理……」って応えながら私はお弁当のおにぎりにかじりつく。

大悟くんにヒドいことを言っちゃった、という大まかな話をメグにはしてあった。落ち込んでいたら「何かあったの?」としつこく訊かれ、渋々事情を説明したというわけだ。

「『無理』ってさー、そんなのわかんないじゃん。それに、たとえ許してもらえなくても、東京湾《とうきょうわん》の底に沈められるようなことはないって」

「大悟くんはそんなことするような人じゃないし!」

「じゃあ、さっさと謝んなよ」

これ以上言い返せない。うーって唸《うな》って、残っていたおにぎりで口をいっぱいにして返事はごまかした。

いい加減、どうにかしないといけないって自分でもわかってはいるのだ。

土曜日には《リング・リング・リング》のアルバイトがあり、シフトもばっちりかぶってる。嫌でも顔を突き合わせることになる。

お弁当の残りを食べ終えて蓋《ふた》をした。

なんであんなこと言っちゃったんだろう。

罪悪感は日増しに膨《ふく》らむ一方で、今では気軽に謝れば済むなんてこれっぽっちも思えなくなっていた。

謝るしかないのもわかってる。

でも、謝ったところで、一度口から出てしまった言葉を取り消すことなんてもうできない。

何をしたって今さらでしかない。

何も言えなくなってる私の頭をメグが撫《な》でてくれる。こんな私じゃ、そのうちメグにも愛想尽かされるかもしれない。

それに、メグにはあえて言わなかったけど、日高さんのこともある。もう私の出る幕なんてどこにもない。


そんな風に負のループにハマってた、その日の放課後だった。

何をする気にもなれなくて、さっさと家に帰ろうと学校を出て、通りすがった千葉《ちば》公園に日高さんがいるのを見かけた。

今一番、見たくない顔だったのに……。

今日はバスケ部の練習はないのだろうか。落ち着かない様子で視線を左右に動かし、木陰のベンチに座って誰かを待っているようだ。生い茂った木々の間から差し込む日は剝《む》き出しの地面にまだら模様を描き、木々の緑の中で人待ち顔をしている日高さんはとても絵になっていた。

……日高さんが待ち合わせしてるの、大悟くんだったらどうしよう。

見たくないって思うのに、咄嗟《とっさ》に道路沿いの太い木の陰に隠れた私は動けなくなる。

しばらくして、日高さんは誰かに気づいたように顔を上げ、学生鞄《かばん》からマスクを取り出して装着した。

日高さんの視線の先、公園の奥から延びている道の方を私も見る。

やっぱりって気持ちと、見たくなかったって気持ちで両手を握りしめた。

昨日と同じ、マスク姿の大悟くんだった。

もしかしてあのマスク、〝お揃《そろ》い〟とかそういう感じなのかな。

マスク姿で大悟くんに手をふる日高さんの姿を視界に捉えた瞬間、私は静かに回れ右をして公園から離れて駆けだした。

行き先も考えずにわけわかんないくらい走りに走って、これ以上無理って思ったときには知らない住宅街の中にいて、汗と一緒に目から涙がぼたぼた足元に落ちる。

……また失恋しちゃったのかも。

告白もできないうちに失敗して、気づいたら失恋してた。

これって祐さんのときとまったく同じじゃない？　って思うのに。

道路のすみっこにしゃがみ込んで自分の腕に顔を伏せる。

全然違う。

遠くから憧れるように見てた祐さんへの気持ちと、すぐそばで笑って仲よくしてくれた大悟くんへの気持ちって、全然違った。

嗚咽《おえつ》が漏《も》れる。

苦しくて苦しくてしょうがないのに、もうどうしようもできない。

★☆★

翌朝、部屋から出てきた私の顔を見るなり、美加《みか》さんが悲鳴のような声を上げた。

「凜ちゃん、どうかしたの⁉」

洗面所で自分の顔を見てうなだれる。

昨日の夜、泣きすぎた。

ホラー映画の井戸から出てくる幽霊役に今なら立候補できそう。目蓋《まぶた》は十分すぎるくらいぼってり膨らんでるし、これなら特殊メイクは不要だ。

冷たい水で冷やしたら目蓋は少しマシになったけど、目の下のくまはどうしようもなくて諦めた。

美加さんには「不治の病でボーイミーツガールの恋愛小説を夜遅くまで読んでて号泣した」って言い訳をして家を出る。

こんな顔で学校に行かなきゃいけないなんて、サイテーにもほどがある。

マスクでもしてごまかそうかと思ったけど、大悟くんと日高さんの〝お揃い〟を思い出してやめた。お揃いの真似《まね》をするくらいなら、ひどい顔を晒《さら》した方がまだマシ。

顔を伏せがちにして歩き、とうとう学校に着いてしまう。こんな顔じゃメグにも心配されるかなって、思ってたそのとき。

「……凛？」

まさかのまさかで、下駄箱《げたばこ》のところで大悟くんと鉢合《はちあ》わせした。

今日もまたマスクをしてて、心臓が摑《つか》まれたように痛くなった私は顔を背け、そのまま廊下《ろうか》を歩きだす。

すると、追いかけてくる足音がして背後から声をかけられた。

「凛、どうかしたのか？」

あんなことを言っちゃった私なのに、無視できないくらいヒドい顔をしてるのかも。そう考えたら、ぼってりした目蓋の奥にまた涙が滲《にじ》んでくる。

「凜！」

何度も名前を呼ばれ、とうとうふり返った。大悟くんは、たっぷり五メートルくらい離れたところで足を止める。

……そんなに距離を取るくらいなら、声なんてかけなければいいのに。

日高さんとは、近い距離でしゃべってたくせに！

「放っといてよ！」

叫ぶようにそれだけ言って、私は大悟くんに背を向けた。


朝から気分は最悪最低で、もうこのままどこかに消えちゃいたい。

日高さんといい感じなのかもしれないけど、それでも大悟くんが、ホラー顔だった私を心配してくれたのは事実だ。あんなにヒドいことを言って、友だちでいるのも無理かもって思ってたのに、心配してくれた。

なのに、それすら突っぱねたのだ。

もうおしまい。ジ・エンド。試合終了、延長戦はありません。

《リング・リング・リング》のアルバイトを続けるのも無理かも……。

午前中の授業はノートを取る気にもなれず、昼休みになっても食欲がわかなくて机に突っ伏した。

「凜、本当にどうしたの？」

朝からずっと心配してくれてるメグに答える元気もない――っていうのに。

枕にしてた腕を強く引っぱられ、強制的に顔を上げさせられた。

メグかと思ったら目の前にいるのは予想外の人物で、驚きのあまり重たい目蓋を動かした。

「小森《こもり》さん、ちょっといいかな？」

穏やかな口調で訊いてくる柳くんの目には、外面《そとづら》の笑顔の下に隠し切れてない苛立《いらだ》ちが見て取れた。

そうして柳くんに連れられ、メグと三人で人気《ひとけ》のない非常階段のところに移動した。

非常扉を開けて人目がなくなるなり、柳くんは外面の笑顔を捨ててじと目で私を睨《にら》んでくる。

「岩倉と何かあったならさっさとどうにかしろ」

挨拶《あいさつ》どころかなんの前置きもなく、柳くんは剛速球を投げつけてきた。というか、デッドボールすぎる。

目でメグに助けを求めると、「ごめん」って手を合わせられた。

「凜の様子もおかしいし、岩倉くんと喧嘩《けんか》したらしいって話しちゃった」

「お前らのくだらない痴話《ちわ》喧嘩のおかげで、うちのクラスの空気も最悪だ」

……なんにも知らないくせに。

「痴話喧嘩なんかじゃないし！　それにクラスの空気って――」

「あいつ、このままだと前の状態に逆戻りだぞ？」

思いもしなかった柳くんの言葉にたちまち凍りつく。

「何、それ」

「ずっとむっつりしてて、誰が話しかけてもだんまりだ」

柳くんが嘘を言うとは思えない。けど、それだと矛盾《むじゅん》する。

「日高さんは？」

「日高？」

「火曜日の朝と、昨日の放課後。日高さんが、大悟くんと話してるの、見た。みんなとは話さないって言うけど、日高さんとは話せてるんじゃないの？」

自分の言葉にまた涙が浮かんで手の甲で拭《ぬぐ》う。

大悟くんに何があったかは知らないけど、でも日高さんがいるなら問題ない。私なんかいなくても、きっと日高さんがどうにかしてくれる。

柳くんとメグは顔を見合わせ、そして柳くんは「ちょっと待ってろ」と一人どこかへ去っていく。

メグに頭を撫《な》でられながら大人しく待っていると、柳くんはよりにもよって、その日高さんを連れて戻ってきた。

「え、凛ちゃんなんで泣いてんの？　大丈夫？」

こっちは顔も見たくないし逃げだしたい気持ちなのに、そんな風に心配されちゃってますますいたたまれない。わかってる、大悟くんが仲よくするくらいだし、日高さんはいい人だ。

「日高さん、最近、岩倉としゃべった？」と柳くんが訊く。

「岩倉くん？　まぁ、しゃべったけど。なんで？」

困惑気味の日高さんに、柳くんは外面の口調で説明し始める。

「小森さんが、日高さんと岩倉がデキてるんじゃないかって気にしてる」

ぎょっとしすぎて顔が引きつった。柳くんってなんでこんなに直球なの。

「え、岩倉くん？　なんで⁉」

対する日高さんは、予想外のことを聞かされたと言わんばかりの顔になる。

けど、私は二回も目撃してるのだ。もうやけっぱち、一歩前に出て口を開いた。

「火曜日の朝、二人で中庭でしゃべってた。昨日も二人で千葉公園にいたし……」

思い出すだけで泣きそう。私は無視されたのに……。

「あー……」

日高さんはちょっと目を泳がせ、言いにくそうにする。

「その、ここだけの話にしてくれる？」

二人が付き合ってることは秘密なのか、って地団駄《じだんだ》を踏みたい気持ちでいると。

「昨日はその、庄司《しょうじ》のこと、呼び出してもらって」

日高さんはぽっと頬《ほお》を染め、一方の私は「え？」と怒りが空回《からまわ》る。

「庄司って……ケーキバイキングのときにいた？」

「あたし、庄司のこと、前から好きでさ。岩倉くん、最近庄司とすごく仲いいから、ちょっと話聞いてもらったり、呼び出してもらうの、協力してもらったりしてて……」

思ってもなかった展開に混乱してきた。

日高さんが好きなのは、庄司くん？

「じゃあ、あの、お揃いのマスクは……？」

「え、お揃い？」

「大悟くんと話してるとき、日高さん、いつもマスクしてたから……」

「お揃いなんかじゃないってー」

日高さんは声を立てて笑った。

「なんかよくわかんないけど、岩倉くんが近づくならマスクしろってうるさいんだもん」

お揃いじゃなかったーっ！

脱力のあまり、そばの壁に手をつく。

「岩倉くんのおかげで、昨日、庄司に告白できて、付き合うことになったの。あ、でもまだバスケ部の友だちにも言ってないんだ。だからその、しばらく内緒にしておいてもらえる？」

気持ちの整理がまだつかず、放心したまま頷《うなず》いた。

「どうぞ、末永くお幸せに……」

「ありがと！」

スキップでも踏みそうな足取りで日高さんは去っていき、日高さんと大悟くんがなんでもなかったってわかったものの、ことの真相にまっ青になった。

全部全部、私の勘違い。

「――と、いうわけだ」

すぐさま腹黒モードに切り替え、柳くんがそんな私を見下ろした。

「何があったか知らんが、今日の岩倉は目に見えるくらいの負のオーラ放ってて、近づいたら殺されそうな空気になってるぞ。あれが続いたら、殺し屋ってあだ名が復活するのも時間の問題だ」

大悟くんが前みたいに一人になっちゃうのは嫌だ。

だけど。

「私が今さら謝ったって、聞いてくれるかわかんないよ……」

今朝だって、心配してくれたのに突き放した。

ミスの上塗り重ね塗り。勝手にどうしようもない勘違いをして、またヒドいことをした。

自己嫌悪の塊《かたまり》になった私を、けど柳くんは鼻で笑う。

「そんなの知るか。とにかく、付き合ってるなら、あいつをなんとかしろって言ってんだ」

「……は？」

ヘコんでいたことすら一瞬忘れてポカンとすると、柳くんは眉を寄せてメグを見た。メグが私の代わりに説明してくれる。

「凛と岩倉くん、付き合ってないよ」

「そうなのか？」

柳くんは素直に驚いた顔になり、そしてとんでもないことを口にした。

「うちのクラスだと、岩倉とハムスター女が付き合ってるっていうの、『誰もが知ってる常識』みたいになってるぞ」

「そ、そんな常識ないし！」

「なかったとしても、それが岩倉がクラスになじむのにひと役買ってんだよ」

柳くんが言ってることがよくわからない。

「ハムスター女みたいな、見るからに抜けてて無害そうなちんちくりんと付き合ってるんだぞ？　岩倉もそこまで害があるヤツじゃないかもってみんな思うだろ」

「見るからに抜けてて無害そうなちんちくりん……」

「ふわふわしてて優しくて小柄でかわいいってことだよ！」

メグが柳くんの台詞《せりふ》を超訳してくれた。

けど、今は私のことはどうでもいい。

「大悟くん、そんなに様子が変なの……？」

「さっき話したとおりだ」

もしまた、みんなが大悟くんのことを遠ざけるようになっちゃったら。

そして、私も今のまま大悟くんを避け続けてたら。

私もみんなと同じになっちゃう。

それだけは嫌だ。

絶対に嫌。

「私……」

もう私が何をしても無意味かもしれない。

でも。

「がんばってみる」

今からでも、できるだけのことはしよう。結果が同じでもきっと、何もやらないよりはやった方がいい。

「せいぜいがんばってうちのクラスの平和を取り戻せ」

「わかった！」

握り拳《こぶし》を作って決意を新たにすると、「応援してるからね！」とメグがハグしてくれた。

★☆★

次の日、私は数日前と同じ、いやそれ以上に気合いを入れて学校へ向かった。

逃げられても避けられても、嫌がられても話をする。

謝る。

そして、ちゃんと気持ちを伝えよう。

もう嫌われたかもしれないし、ダメでもしょうがない。

でも、これ以上嘘をついたり、間違えたりしないようにしたい。

ちゃんとまっすぐ、大悟くんがいつも素直に思ったことを伝えてくれていたように、私も自分の気持ちを伝えたい。

朝なら時間があるかなと思ったけど、大悟くんは朝のホームルームのチャイムが鳴るギリギリに教室に来たので話しかける余裕がなかった。それなら昼休み、って思ったけど、私が三組を訪れたときにはすでに教室からいなくなってて。

放課後しかないのかな……。

こんなにタイミングが合わないと、放課後も大丈夫かなって不安になる。

三組の教室を覗《のぞ》いては廊下《ろうか》を右往左往《うおうさおう》するをくり返していたら、「ハムスター女、」なんて声をかけられた。

ふり返ると、柳くんが立っている。

「……外面《そとづら》のときに、そんなこと言っちゃっていいの？」

「なんのこと？」

柔らかくにっこり笑われ、もう文句を言う気も失せる。

「岩倉か？」

「うん。でもタイミングが悪いのか会えなくて……放課後にまた来ようとは思ってるんだけど」

柳くんは少し考え込んでから、「それなら」と言ってきた。

「帰りのホームルームが終わったあと、僕が岩倉のこと、少し足止めしようか？」

「ホント？」

「教室じゃ目立つだろうし、小森さんは下駄箱《げたばこ》のところで待ち伏せしなよ。そのあと、二人でどこかで話でもなんでもすればいい」

「ありがとう。柳くん、やっぱりいい人だね」

「そりゃどーも。僕も、メグの友だちが小森さんみたいなお花畑でよかったと思ってるところだ」

ふんと笑って柳くんは三組の教室に入ってく。私は自分のクラスに駆け戻り、早速メグに報告した。

「柳くんが、メグの友だちが私でよかったって言ってたよ」

「柳がそんなこと言ったの？」

「うん。私みたいなお花畑でよかったって」

おかしなことを言ったつもりはなかったけど、メグはぷっと吹き出した。

「私も、凜が友だちでよかったって今思ったよ」

メグはひとしきり笑ってから、私の手を握る。

「岩倉くんも、凜が友だちでよかったって思ってると思うよ。だからきっと、大丈夫じゃないかな」

「ありがと。私もメグが友だちでよかったよ」

朝からずっと抱えていた不安は少し軽くなり、気持ちがずっと強くなる。

予鈴《よれい》が鳴る。もうすぐ昼休みも終わりだ。

五時間目、六時間目とそわそわしながら午後の授業を受け、遂に帰りのホームルームが終わって放課後となった。

私はそそくさと荷物をまとめ、メグに「がんばってくる！」と声をかけて教室を駆け出た。すでに帰りのホームルームが終わったほかのクラスの生徒たちで、廊下はにぎやかになってる。

通りすがりに三組の教室をチラと覗くと、柳くんは約束してくれたとおり、大悟くんに何か声をかけていた。大悟くんはまだマスクをしている。

でも、この様子なら下駄箱に先回りできそう。

よし！　って両手に拳を作り、一階の昇降口に到着した私は早々にローファーに履《は》き替えた。

こうして肩から提げた学生鞄《かばん》の中身を意識しつつ、そわそわと待つこと十分ほど。

下駄箱の陰に立っていた私は、三組の下駄箱のところに背の高い姿を見つけ、背筋を伸ばしてそっと近づいた。

「大悟くん、」

名前を呼ぶと、大悟くんはこっちまでビックリするくらいビクついた。手に持っていた大きなスニーカーが、音を立ててその足元に落ちる。

「凜……」

「あのね！　私、話したいことがあって――」

「近づくのはダメだ！」

大悟くんはそう私を制すと、私の脇をすり抜けて全速力で走り去っていった。

あっという間の出来事に、すぐに反応できず固まってしまっていると。

「凜！」

名前を呼ばれてふり返った。廊下に、メグと柳くんが立っている。

「追いかけなきゃ！」

メグの言葉にハッとした。

「そう……そうだよね！　うん！　がんばる！」

学生鞄を肩に提げ直し、私も昇降口を飛び出した。


大悟くんは自転車通学だ。それなら駐輪場、と当たりをつけて校舎裏へ向かうと、自転車の鍵《かぎ》を外しているところに追いついた。

「大悟くん！」

声をかけると、ぎょっとしたようにこっちを見る。

「私の顔なんてもう見たくないかもしれないけど、でも話だけでもさせてもらいたいの！

昨日も声かけてくれたのに、私――」

ガチャガチャと音を立て、大悟くんは鍵を外して跨《また》がった。

「とにかく、今はダメだから」

低い声でそれだけ言うと、大悟くんは自転車のペダルを踏み込んだ。

勢いよく自転車が去っていく。

ここで諦めちゃダメだって意地で校門のところまで追いかけたけど、そもそも自転車と私の鈍足《どんそく》じゃ話にならない。

校門を飛び出し、すでに道のずっと先に行ってしまった自転車を見つめる。

……もう、話すらできないの？

堪《こら》えようもなく目頭《めがしら》が熱くなり、視界が揺らめいた。学生鞄が肩に重たい。学校で話ができなかったら、いっそ家まで行こうくらいに思ってたけど。

二回も言われた「ダメだ」で心がポッキリ折れかけた。

今こそ、「心が痛い」って表現を使いたい。

手の甲で滲《にじ》んだ涙を拭《ぬぐ》いながら、とぼとぼと歩きだしたそのときだった。

「――痛っ」

正面から歩いてきたスーツ姿の男性に思い切りぶつかられてしまい、私はよろけた。

「どこ見てんだよ」

「あ……すみません」

そう頭を下げて通り過ぎようとしたけど、「謝れば済むと思ってんのか？」と肩を掴《つか》まれて血の気が引いた。

スーツを着ているし普通の会社員か何かかと思ったけど、五十代くらいのその男性は見るからにガラが悪かった。漂ってくる煙草《たばこ》の臭《にお》いに、さっきまでの涙が引っ込んで恐怖が這《は》い上がってくる。

「あの……本当にごめんなさい」

「肩痛いんだけど、どうしてくれんの？」

肩を掴む手の力が強くなり、こっちこそ肩が痛いですって言いたくなる。

「黙ってちゃわからないだろ――」

そのときだった。

すぐそばで、自転車の甲高《かんだか》いブレーキ音が鳴った。

「そいつが何かしたんすか？」

大悟くんだった。

自転車に跨がったまま、鋭い目を男性に向けている。マスクのおかげで迫力は数倍増しだ。

「こいつが……」

自転車に跨がってても大悟くんの背の高さや体格のよさはわかるし、何よりこの鋭い目つき。男性は語尾を濁《にご》して私の肩から手を離した。

「凜！」

名前を呼ばれ、自転車の方に駆け寄ると腕を摑まれ引き寄せられた。

「乗れ！」

私は学生鞄を素早く背負い、自転車の後ろに跨がった。

「しっかり摑まれよ」

そう言われて慌ててその腰に両手を回すやいなや、自転車は勢いよく走りだした。

男の人が背後で何か悪態をついていたけど、すぐに遠くなって聞こえなくなる。でも、ペダルを踏む大悟くんの足は緩《ゆる》まない。自転車は風を切り、ぐんぐんぐん住宅街を走ってく。

二人乗りなんて初めてで、色んな意味でドキドキが止まらなかった。思ってた以上にスピードがあり、しがみつく腕に力を込める。密着した背中は思ってたよりもずっとずっと広くて温かい。学生シャツ越しに伝わってくる熱とわずかな汗の匂《にお》いに、さっきまでの恐怖はどこかへ行っちゃって身体《からだ》がじわじわ熱くなる。

自転車は住宅街を縫《ぬ》うように走り抜け、やがて千葉駅方面につながる大きな通りに出て、図書館のそばの公園でようやく停まった。

地面に足が着いたときには、全身が心臓になったみたいに、これでもかって音を立てていた。

「……悪い、凜の家とは方向が違った」

マスクの下でもごもごとしゃべり、それから大悟くんはハッとして身をよじると私から離れた。素早く自転車から降りて私と距離を取る。

「近づくな」

ドキドキしすぎてポーッとしていたのに、その言葉に現実に引き戻され胸の痛みが蘇《よみがえ》る。

けど、大悟くんは今度は逃げださない。

私も自転車を降り、「近づくな」って言葉を無視して少し前に出た。

「さっき、ありがとう」

礼を言うと、大悟くんはたちまち心配そうな顔になって訊いてくる。

「何もされなかったか？」

「うん。ぶつかられて、肩摑まれただけ」

「ふり返ったら、凜が誰かに絡まれてるのが見えて……」

「すごく怖かったし、助けてくれて嬉しかった」

微妙な沈黙が落ち、私はそこで意を決して顔を上げた。

「もう私と話なんてしたくないかもしれないけど……でも、どうしても謝りたくて」

学生鞄《かばん》の中から、小さな紙袋を取り出して突きつける。

「昨日作ったクッキーなんだけど、もらってもらえないかな」

少し間があったけど、大悟くんは黙って紙袋を受け取ってくれた。

そして紙袋が手から離れた瞬間、私は勢いよく腰を折って謝った。

「この間は、ヒドいこと言ってごめんなさい！」

それから顔を上げ、紙袋を指さす。

「あのね。その中に、手紙、入れてきたの」

「手紙？」

「私……いつもいつも、間違えてばっかりなんだよ。つい勢いでもの言っちゃうし……。だけど、今度は間違えたくなかったから。手紙なら、ちゃんと間違えずに伝えたかったこと伝えられるかなって、思ったから」

大悟くんは自転車をスタンドで停めると、紙袋から封筒を取り出してくれた。丁寧《ていねい》にシールをはがして中の便せんを出す様子を、私は息を詰めて見守る。

昨日の夜、何度も何度も書き直して、やっと書けたのは一文だけだった。

『友だちじゃなくて、友だち以上になりたくて、あんなことを言ってしまいました』

その目が私の文字を読んでくれたのを見てにわかに緊張したものの、勇気をふり絞《しぼ》って
そっと一歩近づいた。

けど、大悟くんはちょっとビクリとしてまた一歩下がる。

もう、今さら何を伝えてもダメなのかもしれない。

でも、それでも。

「あのね、私、大悟くんのことが――」

「風邪《かぜ》、うつしたくないんだ」

マスクの下からボソリと言われた言葉に、え、と目を瞬《またた》く。

「風邪?」

「だから、あんまり近づくな。あ、それか凜もマスクを――」

すごく真剣な口調でそう言う大悟くんに、日高さんが話していたことを思い出す。

「もしかして、私から逃げたりクラスでも人と話さなかったりしたの、風邪をうつさないため……?」

大きく頷《うなず》かれ、思わず停めてある自転車のサドルに手をついた。

知ってはいたけど、極端すぎる。

昨日声をかけられたとき、すごく距離があったのもそのせいだったのか。

「風邪って……もう熱ないんだよね？　咳《せき》とか出てるの？」

「熱も咳もない。けど、一週間は念のためだ」

「インフルエンザじゃあるまいし！」

「俺、風邪とか滅多《めった》に引かないんだ。そんな俺が引く風邪なんだぞ？　ものすごく悪いウイルスかもしれないだろ」

「それは水風呂なんかに入ったからでしょ！」

大悟くんは目を丸くした。

「なんで知ってんだ？」

「祐さんに聞いた」

恥ずかしいらしい、大悟くんは顔を俯《うつむ》けて手で目元を覆《おお》ってしまう。

「なんで水風呂なんかに入ったの？」

「それは……」

大悟くんはそこで言い淀《よど》んだけど、ボソッと言葉を続けた。

「頭、冷やそうと思ったんだ。その……凜に迷惑かけてたって思ったら、色々ぐちゃぐちゃになって」

「そ、そんな物理的な方法で冷やさなくても！」

「だよな」

苦笑するように笑った大悟くんに、でも笑い返すことなんてできない。

全部全部、私のせいだ。

「ごめん。ホントにごめん」

私はちょっと背伸びして手を伸ばし、大悟くんのマスクを取った。

きょとんとした顔をされたのち、すぐに取り返そうとされたけど、私はそれをかわしてマスクをスカートのポケットに突っ込んでしまう。

「風邪くらいうつしたっていいよ。私が悪いんだもん」

「でも——」

「それに、ちゃんと顔見て話したい」

大悟くんは下唇を噛《か》み、それから手にした便せんに再び目を落とす。

「俺の顔なんて、見ても怖いだけだろ」

「そんなことない！　私、大悟くんが笑ったときの顔、好きだよ」

　すると大悟くんはぐっと唇を結び、自転車のカゴに入れていた自分の学生鞄を開けた。中をかき回してボールペンを取り出し、私が渡した便せんの裏に何かを書きつけてから顔を上げる。

「俺……すぐ怖がられるし、しゃべるのも得意じゃないし。だから、凜がたくさん話しかけてくれて、友だちになりたいって言ってくれたの、本当に嬉しかった」

　そして、便せんをこっちに押しつけるように渡してくる。

「凜は、祐みたいなカッコいい人が好きなんだと思ってた。それに、友だちでいられれば十分だと思ってた」

　渡された便せんをそっと見て、私は小さく息を呑《の》む。

「でも、本当は……ずっと、そうじゃなかった」

　便せんの裏には、大きな文字で『おれも！』って書かれてた。

「俺も、本当は友だちになりたかったわけじゃない」

　頬《ほお》が、耳の先が、じわりと熱くなっていく。

　便せんからそっと目を上げると、初めて会ったときは怖くてしょうがないと思ってたその目が、まっすぐに、でも優しくこっちを見つめてた。

　静かに、小さく深呼吸する。

間違えてばかりの私だけど、それでも、一番大事なことは手紙じゃなくて言葉で伝えたくて書けなかった。

今だったら、間違えずに言える気がする。

「私――」

「俺――」

二人同時に話しだし、顔を見合わせて一緒に笑った。

それから、せーので合わせたように続きを口にする。

「好きです！」

「好きだ！」

間違えずに言えた言葉は、ぴったり綺麗《きれい》に重なった。

エピローグ

七月、お店の冷房が涼しく心地よく感じられる季節になった。

今日もお客さんが、私の大好きなお店《リング・リング・リング》を訪れる。

「いらっしゃいませ！」

私はカウンターから挨拶《あいさつ》した。お客さんは、小学校低学年くらいの男の子とお母さんの二人連れだ。

「こちらでお召し上がりですか？　それともお持ち帰りですか？」

「持ち帰りで」

お母さんに促され、男の子はショーケースにはりつくようにドーナツを見る。

そのとき、裏で輪島《わじま》さんの手伝いをしていた大悟《だいご》くんがフロアに戻ってきた。お客さんに気づくと何かを閃《ひらめ》いた顔になって再び店の奥に引っ込み、すぐにこっちにやって来る。

その手には紙皿があり、切り分けたドーナツが載っていた。

「どうしたの、それ」

「さっき輪島さんに、お客さんが来たら新製品の試食をしてもらってくれって頼まれたんだ」

そう紙皿を差し出されたけど押し返す。

「大悟くんがお客さんに出してあげたらいいよ」

「でも――」

「大丈夫だから」

大悟くんはたちまち自信なさそうな顔になったけど、その背中を押してカウンターの外に追い出した。

男の子とお母さんが揃《そろ》ってそんな大悟くんを見上げる。

そして。

大悟くんはパッとその場にしゃがみ、高い背をこれでもかと屈めて小さくなり、男の子と目線を合わせた。

「これ、来月発売の新しいドーナツなんだ。メロン味のチョコレートがかかってる。よかったら、食べてみないか?」

男の子は差し出された紙皿と大悟くんの顔をまじまじと見比べて。

ニカッと笑い、ドーナツに手を伸ばした。

「ありがと！」

そうして男の子とお母さんが帰っていくと、大悟くんはホッとしすぎて気が抜けたような顔になる。

「そんなに緊張することないのに」

「でも、何かの弾みで泣かせたらかわいそうだろ」

「大丈夫だよ。全然怖くないんだから」

大悟くんはちょっと前に長かった髪を全体的に切った。目元だけじゃなく首元もすっきりして、だいぶ印象が変わったように思う。

それに、一緒に作りに行ったメガネを最近では常用している。最初は授業中にだけ使っていたけど、今ではすっかり慣れたみたい。おかげで「目の周りの筋肉が疲れなくなった」だそう。

つまるところ、怖いどころか背も高いし顔だって整ってるし、髪を切ってさっぱりしたらある種の爽《さわ》やかさすら感じられるようになって。

普通にこの人カッコいいじゃん、って私は思うわけだ。

見とれるようについまじまじとその横顔を見ていたら、視線に気づかれて「なんだ？」

って訊かれた。

「悪い虫がつかないか心配」

「よくわかったな。俺、夏になるとすぐ蚊に刺されるんだ」

「大悟くんのそういうところいいよね」

「蚊に刺されるところが？」

あんなに柳《やなぎ》くんとラブラブなのに、メグが私にすら警戒心を見せた理由が今ならちょっとわかる。

自分がカノジョだってわかってたって、心配なものは心配なのだ。

こんなことなら、以前のように目つきが悪いままで、私だけが本当の姿を知ってるんでもよかったんじゃないか、なんてヒドいことすらついつい考えちゃう。

——だけど。

「いらっしゃいませ！」

大悟くんが、新たにやって来たお客さんに明るく声をかけた。

「タローが髪切ってメガネしてる！」

飼い犬のタローと大悟くんをごっちゃにしている、常連の女の子とお母さんだ。

大悟くんはふんわり笑い、試食のドーナツのお皿を女の子に差し出した。

「新しいドーナツだ。食べるか？」

大悟くんがこんな風に笑うようになって、そんな大悟くんに色んな人が笑い返してくれるようになって、よかったなぁってやっぱり思うのだ。

間違ってばかりだったけど、でもそのおかげで知ることができた。

今の私は、彼のことを知っている。


こんな風にして女の子や店内にいたお客さんに試食のドーナツを配っていき、紙皿にはドーナツがひと切れだけ残った。もう配るお客さんはいない。

「大悟くん、食べちゃえば？」

こそっと声をかけると、大悟くんはなぜかカウンターの裏に私を手招きした。そして、プラスチックのピックに刺さった残りのドーナツをこっちに向けてくる。

「凛《りん》が食べろ」

「でも――」

「いいから『あーん』しろ」

有無を言わさず差し出され、しょうがないので口を開ける。

――そういえば。

付き合い始めてから、一つ変わったことがある。

理由はいまだによくわからないけど。大悟くんが、なぜかやたらと私にお菓子を食べさせようとするのだ。

クッキー、チョコレート、金平糖《こんぺいとう》、キャンディ……そして、今日はドーナツ。

私を太らせたいのか、それとも餌《え》づけでもしたいのか。

けどまぁ断る理由もないし、私はドーナツを素直に口に含む。

「……うん、おいしい」

やっぱり、うちのお店のドーナツは最高。

私がもぐもぐしながら笑みをこぼすと、大悟くんも甘いものを食べたときみたいにほんわり笑ってこっちを見る。

……友だちなんかじゃなくてよかった。

こんな笑顔を見られるのは、友だちじゃない私だけ。

※この作品はフィクションです。実在の人物・団体・事件などにはいっさい関係ありません。

集英社オレンジ文庫をお買い上げいただき、ありがとうございます。
ご意見・ご感想をお待ちしております。

● あて先
〒101-8050　東京都千代田区一ツ橋2-5-10
集英社オレンジ文庫編集部 気付
神戸遥真先生

きみは友だちなんかじゃない

集英社
オレンジ文庫

2020年1月22日　第1刷発行

著　者　神戸遥真
発行者　北畠輝幸
発行所　株式会社集英社
〒101-8050東京都千代田区一ツ橋2-5-10
電話【編集部】03-3230-6352
【読者係】03-3230-6080
【販売部】03-3230-6393（書店専用）
印刷所　大日本印刷株式会社

※定価はカバーに表示してあります

ISBN 978-4-08-680304-5 C0193

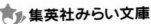

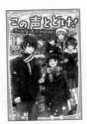